D1798622

*iecit continuationem chronici ab anno fere 1014. us-
que post a. 1050, cui vario ut videtur tempore ad
supplendos libros priores quaedam subiunxit, prout
sibi in notitiam veniebant in schedis consignans, tem-
porum ordine plane neglecto. Haec omnia eodem
quo schedis mandaverat ordine, inde in rotulum
transscribi fecit; ipse postmodum hic illic correxit,
signaque supplementis apposuit, quo quaeque loco
forent inserenda. Hinc apparere videtur, opus non
fuisse absolutum, sed appendicem et etiam, librum
quintum habendum esse quasi pro collectaneis, e
quibus chronicon integrum curis secundis reficere
fortasse proposuerat, quum mors eum avocaret.*

*Fontes adhibuit narrationes populares, traditio-
nem coaequalium, carmen de Walthario, Peregri-
nationem atque Actus eiusdem, diplomata, inscriptio-
nes, Agobardi epitaphium Karoli Magni, notam
chronologicam, carmen historicum fortasse Benzo-
nis, historiam Romanam, Paulum Diaconum, Gregorii dialogos. Legit etiam vel citat saltem Teren-
tium; sed metri antiqui ne sensum quidem habuisse
videtur. Sermone utitur plane barbaro, sonitu aequali
gaudens ex more illius saeculi, rarius tamen. Artem
historicam frustra apud eum quaesieris; componit
enim res, prouti in mensem inciderant. Ob errores
multum notatur a Muratorio, iusto acerbius. Erra-
vit quidem saepissime, sed nunquam sciens falsa
dixit; mirucula tunc quivis vera credebat; narrationes vero populares tantum abest ut cum Muratorio vituperemus in nostro, ut in iis potius sum-
mum eius meritum videamus atque praestantissimum.
Quae enim narrat historica, aut non magni mo-
menti sunt aut aliunde etiam nota; fabellae autem
populares suavissimae omnino deperditae forent, ni
noster eas conservasset. Atque ut taceamus de reliquis: Waltharius locum ipsi assignavit in historia
poesis nostrae heroicae; Karoli vero visio, pugna*

cum Ebrardo, prandium, traditor viam monstrans,
transcornati, pugna in Clusis, filia regis proditrix
equorum ungulis conculcata, Papia capta, Desiderii
pietas et occaecatio, Adalgisi audacia, Bertae obitus
ad fores ecclesiae — haec omnia, coniunctis quae
apud Monachum Sangallensem et Iacobum Aquen-
sem leguntur, cyclum popularem extitisse demonstrant, cui ad magnum carmen epicum nil defuit
nisi quae et Witichindo, victoria. Sed ob hoc ipsum
tanto pluris faciendae mihi videntur hae reliquiae,
prae ceteris vero venerandae Italis, eo quod hi poesis
ipsorum romanticae hic habent incunabula.

Codex chronici unicus, a. 1693. adhuc Novalicii
in capsa servatus, postea cum chartis monasterii
Taurinum devenit in archivum regium, inter Novaliciensia mazzo 2. n. 20; quem ipsius auctoris esse,
primus Pertz indicavit, deinde Combettus probavit
pluribus. Est rotulus, consutus ex membranis latis
palmam unam, longitudine inaequalibus; quarum
aliquot deperditis, supersunt 28, quae coniunctae
habent paulo plus undecim metris mensurae Gallicae.
Prior pagina exarata est a summa ad imam; in
altera calamus substitit fere media. Scriptus fuit
codex saeculo XI medio, partim a scribis, partim
ab ipso auctore. Pingonius adhuc integrum vidit,
Baldessanus iam sex prioribus capitibus carentem;
nec plura interciderant tempore Duchesnii; at quum
Malaspina eum in usus Muratorii describendum cu-
raret, eadem iam deerant quae nunc. Nam incipit
demum a verbis I, 12. nomine Eldradus in imo folii
deperditi fragmento, manu scribae, qui calamum
atque atramentum aliquotiens paululum immutavit.
Cum II, 9. alia manus sequitur concisior, ipsius
auctoris. Hunc versus finem eiusdem capitis cum
novo folio alter scriba excipit, calamo aliquoties
mutato pergens usque ad finem folii, in medio c. 15.
Posthaec folium unum intercidit; in sequenti pergit

manus aut praecedentis scribae aut primi, usque ad libri secundi finem. Post hnnc auctor calamum resumpsit, sed iam post paucas lineas primo scribae tradidit. Qui quum ad medium c. 18. libri tertii venisset, auctor hunc ultra quam prius proposuerat deducere statuit. Inseruit igitur post indicem capitum membranulam, in qua tredecim indiculos supplevit; dein continuo calamo, atramento uno, a medio c. 18. pergit usque ad finem libri; tunc alio calamo indicem libri quarti subiecit. Hic desinit prior pagina rotuli; altera initio deperdito iam incipit in medio indice quinti libri, manu scribae ut videtur primi, quae usque ad finem c. 12. pertingit. Ibi iterum auctor calamum sumens, continuum ducit usque ad finem c. 20; abhinc paulo post ad c. 32; tum ad finem libri, ubi calamum deposuit. Tunc sequitur manus alia, simillima primum, sed sensim habitum plane mutans, quae scripsit appendicis tria capita priora. Posthaec folium amissum; sequens incipit: Post obitum etc. manu aut praecedentis scribae aut primi, quae continua decurrit usque ad: eam traderet. Ibi desinit in media pagina; reliqua vacant. Auctor et hic quaedam correxit, singulisque capitibus signa apposuit, ubi inserenda essent quarto quintoque libro. Post eum, versus finem saeculi ut videtur, alius quispiam atramento nigro, litteris rudibus, per priores tres libros multa correxit, non res, sed verba tantum, unice ut sermonem rusticum paulo cultiorem redderet; at quum hoc parum profici videret in tanta barbarie, iam ante finem libri tertii fessus calamum deposuit. Quas correctiones, quum non sint auctoris, omnino censuimus negligendas.

Huius codicis apographa recentiora duo habentur in archivo regio, ex quibus fluxit editio Muratoriana: Malaspinae abbatis Derthonensis alterum, alterum comitis de Robilant; utrumque factum ex codice iam ita manco ut nunc est, nullius igitur utilitatis. Sed quum adhuc integer esset, Philibertus Pingonius quaedam inde excerpsit, quae iam in eodem archivo servantur inter Novaliciensia m. 2. n. 20, brevissima quidem, duorum tantum foliorum, sed ex quibus multa supplere potuimus. Usus est his excerptis Pingonius in Augusta Taurinorum, a. 1575. edita; sed cave credas, omnia quae ibi „ex chronico Novaliciensi" citantur, et in excerptis legi; nam et quae ex hisce excerptis coniectando concludit in libro suo, ita indicat. Itaque ad nostrum supplendum excerpta quidem Pingoniana utilissima sunt et fide digna, liber eiusdem nequaquam adhibendus. Paulo post Guilielmus Baldessanus codicem excerpsit iam quidem mutilum, sed multo minus quam nunc est; nam praeter sex priora libri primi capita atque initium libri quarti reliqua tunc adhuc aderant, quae inde ex parte suppleri possunt; nam neque Baldessanus ad verbum omnia excepit, sed multa contraxit. Autographum eius, quod sub finem adhuc saeculi praeteriti Taurini apud patres societatis Iesu inter miscell. YY. 20. servabatur, iam non habemus; sed Terraneus et De Lewis illud tanta cum diligentia exceperunt, ut ipso facile carere posse videamur.

Editum primo fuit chronicon a. 1636. 1641. ab Andrea Duchesne in scriptoribus historiae Francicae II, 223. III, 635. ex ipso codice Novaliciensi, tunc primis tantum sex capitulis carente. At non omnia dedit Duchesnius; duos priores libros omnino reiecit, ex reliquis non pauca omisit. Vel sic tamen lacuna libri quarti ex eo maxime suppleri potest et reliqua eum satis accurate codicem expressisse docent: deinde Rochex la gloire de la Novalese, Chamberi 1670. 4to *excerpta dedit multa et magna, sed ex quibus unum tantummodo locum lucrati sumus, a reliquis excerptoribus praetermissum. Post hunc Marcus Antonius* Carretto vita di San Eldrado, Torino 1693. 4to *chronicon integrum edere voluit una cum codice diplomatico Novaliciensi; sed hic liber nullius pretii, quippe totus exceptus ex Rochexio et vita S. Eldradi, in p. 114. abrupte finitur in mediis rebus, neque quod daturus erat chronicon cum chartis unquam lucem vidit. Integram editionem primus dedit Muratorius a. 1726. in scriptoribus rer. Ital. II, 2, 697. ex apographo Malaspiniano, manco et malae notae, quod a. 1740. in Antiqq. med. aevi III, 963. ex Robilandiano supplevit. Inseruit suis locis, quae Duchesnius ex libro quarto excerpta dederat, et notulas quasdam aspersit, raras nec ab ipso magni factas, quippe qui auctorem Novaliciensem nimium despiciebat. Novam editionem Terraneus paravit; descripsit textum Muratorianum, cui excerpta Baldessani apud patres S. Iesu tunc servata inseruit primus, versus de Walthario ex coniectura restituit, adiecit varias lectiones editionis Duchesnianae, necnon et notas, in quibus quaedam insunt bonae frugis. At qui multa incepit, nil finivit, hanc quoque editionem imperfectam reliquit inter schedas suas iam in bibliotheca universitatis Taurinensis conservatas. Idem Eugenio de Lewis accidit. Hic quoque, nesciens quae Terraneus iam paraverat, editionem Muratorii ad verbum descripsit, Baldessani excerpta ex eodem quo Terraneus autographo supplevit, varias lectiones Duchesnii adiecit omnes, codicis vero autographi Novaliciensis — mirabile dictu! — aliquas tantum; versus de Walthario ex Fischeri editione hic illic refecit, commentarium denique confecit amplissimum, sed ex quo nil plane discas novi. Neque haec lucem viderunt, sed incognita plane iaciebant sub acervo vetustarum chartarum in archivo Oeconomatus Taurinensis, ubi Novaliciensia quaerens, in ista incidi. Nomen non praefigitur; sed Eug. de Lewis esse, Ill. Gazzerae est coniectura, quam scripturae eiusdem specimen postea confirmavit. — Codicem autographum primus expressit Coelestinus Combettus* chronicon Novaliciense, Taurini 1843. 8^(vo) *et in Historiae Patriae Monumentis V. Editor hic illic quidem sermonem barbarum de suo emendavit, maxime sub initium, et correctoris illius de quo supra dixi interpolationes ubivis recepit; sed vel sic haec editio omnium longe praestantissima est habenda. Primus enim signa illa indicavit Combettus, e quibus naturam atque originem appendicis discimus, atque· singula eiusdem capita ibi inseruit, ubi signa, et si haec deerant, ubi sensus iubere videbatur. Inseruit praeterea suis locis excerpta non solum Duchesnii, sed et quae hic primo lucem viderunt Baldessani ex apographo Terranei, et Pingonii ex autographo, ita ut haec editio non solum accuratior prioribus, sed et multo prodierit auctior.*

Ex eodem codice nos quoque chronicon hic proponimus. Quae corrector de suo ibi mutavit, eorum non habuimus rationem; reliqua religiose notavimus omnia. In appendice codicem ad litteram exprimere maluimus, quam singula praecedentibus libris inserere; nam praeter quod in multis, immo in plurimis, signa desunt, adeo ut haec aut ad libitum distribuere oportuisset, aut vel ex iis appendicem facere: ita demum apparebit, quomodo haec collecta fuerint et condita ab auctore, quae eorum origo, quae ratio, quae denique forma codicis. Eandem ob causam ordinem quoque indicum intactum reliquimus, quamvis ab ordine capitum saepius recedat. Excerpta Duchesnii ex ipsius libro dedimus, Pingonii ex huius autographo, Baldessani ex apographis duobus Terranei atque De Lewis.

LIBRI PRIMI FRAGMENTA.

[1. Abbo . . . Temporibus, quibus servabatur adhuc mos antiquus Romanorum, quo quisque solvebat censum Romae, pro unoquoque capite dabat nummum; et cum ex longinquis regionibus convenirent, nonnulli in fluminibus peribant, alii a latronibus interficiebantur vel depraedabantur, alii ex lassitudine ipsa itineris moriebantur. Et cum Abbo resideret in civitate Secusina in terra dicta Viennensis, in ipsa valle apud Novalesium monasterium fundavit in honorem beati Petri pro anima suorum parentum, et pro amissione sui filii; et voluit quod census qui deinceps e Gallia Romam portabatur, ibi portaretur . . . Et testamentum fecit, quod Valchino archiepiscopo Ebredunensi, cuius nepos ipse fuerat, conscribi fecit et per Cudebertum clericum scribi.]

[2. Et cum Theodoricus, non rex Francorum, qui filius reginae Brunechildis, quae beatum a Luxovio expulit Columbanum, sed ille rex Gothorum, qui occidit duos senatores preclaros et exconsules, Simachum et Boetium; qui quinquagesimo octavo die postquam papa Iohannes defunctus est subito mortuus est . . . et Romae impeditus intrare Constantinopolim venit, et a Zenone imperatore honorifice sussceptus, et ei statuam auream equestrem fecit, et eum regem Italiae constituit; et venit et

1

pugnavit apud Veronam contra Odoacrem, et Ra-
vennae eum occidit, et rex factus. Et quinto anno
regni sui Abbo construxit monasterium Novalici ...
Godonem abbatem constituit . . .]

[7. Narrat sanctimonialem quandam e Gallia
Romam profectam, post multas orationes et ieiu-
nia in templo sanctorum Petri et Pauli factas im-
petrasse divinitus, ut unum ex dignis beati Petri
apostoli ossibus, ignorantibus cardinalibus, id est
custodibus, cum multo timore acciperet, ac sibi
sub maxilla, nescio qualiter, absconderet, deprecans obnixe Dominum, ut illi daretur copia ferendi
tanti patroni membrum.]

[8. Inde vero digrediens, cum vallem Segusinam invenisset, ubi hodie Novaelucis dicitur, nocte
sibi superimminente quievit, et ob nimiam lassitu-
dinem aliquantis diebus morata, sub quodam tuguriolo tacita residebat sola.]

[9. Cum autem senior quidam de partibus Gal-
liarum Romam contenderet cum multa servorum
turba, amisso itinere in his partibus, iussit unum
ex iis in altam arborem ascendere, ut exploraret
vicina loca. Qui viso fumo, eo perrexit et mo-
nialem illam in tugurio invenit. Ad quam cum
dominum suum adduxisset, illaque venerandas reliquias exhibuisset, dicenti seniore, non satis sibi
de illarum veritate constare, iussit illa duos scy-
phos afferri, alterum mero plenum, alterum aqua,
et hunc quidem contactu reliquiarum subito in vinum convertit . . . . . Tradunt autem quidam, quod
ipse senior fuerit dominus Abbo Romanorum patricius, qui fuit Novalitiae fundator.]

[10. Destructum deinde coenobium, primo a
ducibus Langobardorum Amone, Zaban et Rodano;
secundo quando quendam monachum religiosissi-
mum nomine Arnulphum interfecerunt; tercio quando
monachi ipsius loci ad Taurinensem urbem inhabi-

tandam venerunt. Ingressi igitur Longobardi Italiam, Romam ceperunt et montem Cassinum ad solum usque deleverunt. Facta est autem hec de-
structio sub abbate Bonicio, qui fuit quintus a
beato Benedicto. Mansit autem locus ille lucis
absque alicuius hominis habitudine centum et decem annos.]

[11. Igitur septem annis postquam Longobardi
Romam vi acceperant, egressi tres duces supradicti
in Galliam ad predandum, Amo quidem et Zabam
per montem Geminum ascenderunt, Rodanus vero
alteram viam carpens, per montem Cinisium ad
Gratianopolim cum suis ascendit. Qui cum ad No-
valitiense venisset coenobium, multos ex illis monachis, qui pro Domino mori non recusaverunt,
quorum milites sanctiores erant, interfecit; alii vero
per finestras et ostialia per devia montium et ru-
pium fuga evaserunt. Tunc autem direptum et in-
censum monasterium; duo soli vero pueri sub pal-
lio altaris latentes divinitus salvati sunt . . . . . .]

[12. In dicto quoque monasterio fuit olim quidam abbas] nomine Elderadus sa[nctitate fulgens,
et sapientia] plenus, miraculis clarus. Hic multum
thesaurum in ipso fabricavit vel adunavit loco,
quemadmodum odie cernitur in ipsis vasis aureis
vel argenteis vel libris ab ipso compositis. Eodem
autem tempore venerunt quidam monachi in ipsam
abbatiam ad abbatem Eldaeradum, virum per omnia
sanctisimum, qui habitabant in vallem Brianconen-
sem, ubi odie dicitur Monasterium. Habentur namque in dicto vico balnea calida, muro et calce
olim composita, et quatuor ecclesie ab eisdem
monachis edificatae, una in honore sanctae Dei
genetricis, alia namque in honore beati Petri, ter-
cia vero in honore sancti Andreae, et quarta in
honore beati Martini gloriosi confessoris. Vallis
ipsa venacionibus et piscacionibus apta, sed a ser-

1 *

pentibus oppido infesta. Hii vero monachi, ut supra dixi, cum venissent ad abbatem Elderadum, insinuaverunt illi omnem molestiam illarum serpentium dicentes: *Domine,* inquiunt, *nequimus ultra manere in eundem locum, ubi actenus habitavimus, propter multitudinem serpentium inibi manentium.* Qui ait illis: *Nolite timere, sed revertimini et terram illam more solito operamini. Ego enim otius subsequar vos.* Illis autem regredientibus, secutus est eos abbas ille venerabilis cum aliquantis fratribus. Ubi cum pervenisset ad predictum vicum, oratione facta in circuitu ipsius vici, cum ferula quam manu gestabat cepit ire, ac multitudinem serpentium congregans, adunavit eas in loco quodam modicum cavato, ibique precipiens eis in nomine Domini cunctis diebus manere, dicens: *Etiam si contigerit vobis usquam progredi, precipio vobis in nomine Domini, nemini hominum noceatis.* Quae usque in odiernum obediunt cuncte abbatem illum diem; sed cum a magno estu contigit eas calefieri, videntur aliquantulum peragrare per vicum et per domos intrare et ad ignem usque progredi, aliquando inter duos iacentes in lectum inveniri, aliquando vero in cuna cum puero os ad ore cubare absque ullo nocumento. Est autem locus ille ubi predictae manent serpentes modicus; quae manent in petrarum foraminibus, et est locus ipse situs iuxta Aguzane fluvium.

EXPLICIT LIBER PRIMUS.

INCIPIUNT CAPITULA LIBRI II.

1. *Quod abbates ipsius coenobii olim remoti steterint ad aecclesiam Domini Salvatoris cum vetulis senioribus.*
2. *Quod ab antiquis temporibus proibitum sit ibi accessum feminarum.*

EXPLICIUNT CAPITULA LIBRI SECUNDI.

INCIPIT LIBER SECUNDUS.

1. Antiquis vero temporibus, quibus ipsa Nova Lux totius abbatiae suae dominationem strenuissime regebat, mos erat illorum abbatum, ob iura sanctitatis custodienda remoti vel separati manere cum

aliquantis senis senioribus ad aecclesiam Domini
Salvatoris. Aliorum autem caterva senum, quorum multitudo in unum habitare non quibat, in
diversis cellulis in circuitu manebant ecclesiarum,
de quibus tuguriolis, nisi cum nimia infirmitas ob-
stitisset, oportunis horis ad capitulum et ad mensam pariter occurrebant. Turba vero iuvenum fratrum regularium omnis summa cum custodia infra
claustra inclusi retinebantur monasterii. Erat autem
vallis ipsa valde decora, hominibus copiosa, et
perlustrata aecclesiis, capellis Deo in orationibus,
ubi tantus monachorum orabat exercitus; in qua
nonnulle erant aecclesiae, in quibus divisi predicti
manebant monachi seni vel duodeni, qui omnes
cibo et vestimento a seniore accipiebant monasterio. Coenobitae ergo ipsi, ut diximus, hi sunt, qui
plures in commune habitant, ut beatus Hieronimus
ad virginem Eustochium inter alia dicit. Prima
apud eos erat confederacio obedire maioribus, et
quicquid dixissent facere. Divisi erant per decurias
aut per centurias, ita ut novem hominibus unus
decimus preesset, et rursum decem prepositi super
se centesimum haberent. Manebant ergo senes
predicti separati in seiunctis cellulis usque ad horam
plenam tertiam, sicut institutum illis erat; ibique
psalmis, ymnis, orationibus unusquisque vacabat.
Nemo pergebat ad alium, exceptis his quos deca-
nos diximus, ut si cogitationibus quis fluctuaret,
illius consolaretur alloquiis. Post horam terciam
in commune concurrebant, psalmi resonabant, scri-
pture ex more recitabantur; et completis orationibus cunctisque residentibus, medius quem patrem
vocabant, incipiebat disputare. Quo loquente tantum silentium inerat, ut nemo ad alium respicere
auderet. Nemo audebat excreare; dicentis laus in
fletu erant; audientium tacite volvuntur per facies
et ora lacrime discurrebant, et ne in singultu qui-

dem erumpebat dolor. Cum vero de regno Christi,
de futura beatitudine, de gloria inenarrabili coepisset annuntiare ventura, videres cunctos moderato
suspirio et oculos ad caelum levare et intra se
dicere: *Quis dabit mihi pennas sicut columbe, et
volabo et requiescam?* Posthaec consilium solveba-
tur, et cum tempus fuisset reficiendi, unaquaeque
decuria cum suo parente pergebat ad mensam.
Quibus per singulas ebdomadas vicissim ministra-
bant. Nullus in cibo strepitus aut sonitus; nemo
commedens loquebatur. Alebantur autem secundum
regulam; dehinc consurgebant pariter, et hymno
dicto ad presepia senes redibant, iuvenes namque
sub disciplina manebant. Ibi usque ad vesperam
cum suis unusquisque sensibus loquebatur et dicebat: *Vidisti illum et illum, quanta sit in ipsis gratia,
quantum silentium, quam moderatus incessus?* Si
infirmum vidissent, consolabantur; si in Dei amore
ferventem, cohortabantur ad studium. Et quia
nocte extra orationem publicam in suo cubiculo
unusquisque vigilabat, circumeuntes cellulas singulorum et aures appositas, quid facerent diligenter
explorabant. Quem tardiorem deprehendissent, non
increpabant; sed dissimulando quod nossent, eum
sepius visitabant, et prius incipientes, provocabant
magis orare quam cogere. Si vero quis egrotare
coepisset, transferebatur ad exedram latiorem, et
tanto senum ministerio confovebatur, ut nec deli-
tias urbium nec matris quaerere opus esset affectum.
Dominicis diebus orationibus tantum et lectionibus
vacabant; quod quidem omni tempore completis
opusculis faciebant. Cotidie de scripturis aliquid
discebatur. Nullus siquidem mortalium bona quae
in ipso monasterio gerebantur, ennarrare prevalet.
In illo etenim hospitalitate vigebat, castitas redo-
lebat, caritas relucebat, elemosinarum largitio, oratio

assidua Deo exhibebatur, tam pro vivis quam
etiam pro defunctis.

2. Neque hoc silencio pretereundum puto, quod
sanctisimi ipsius venerabilis coenobii abbates quondam suis temporibus statuentes sancxerunt. Audivi enim, Domino teste non mencior, quodam
tempore cuidam seni referre, quod antiquis temporibus ab eiusdem ecclesiae abbatibus proibitum
sit ibi accessum foeminarum. Ante vero ipsius
sacri cenobii, tantum quantum potest hictus iaci
sagitte, erat ecclesia in honore beatissime hac glo-
riosissime virginis Mariae fabricata, sub qua carpi-
tur via qua pervenitur ad predictum cenobium.
Iuxta igitur istius ecclesie fuit quaedam domus,
in qua hospitabantur omnes feminae quae ad ad-
orandum Deum ibi veniebant et merita illorum apostolorum, nobiles vel ignobiles queque. Eratque
crux ibi Deo sacrata iuxta viam, muro et calce composita, que adhuc in odiernum permanet diem, in
qua, ut opinor, erant preciose reliquie collocate;
quam nulla feminarum ultra eandem audebat vel
quippiam progredi, ut ad seniorem aliquando perveniret monasterium; quia ut fertur ideo ibi apposita fuit. Nam si contigisset, ut aliqua hob qualicumque temeritate vellet statutum terminum irri-
tare, continuo aut cum ignominia aut cum infirmitate nimia revertebatur, aut mortem corporis ilico
patiebatur. Tradunt autem nonnulli, qui eius anti-
quitatem vel actum legerunt, quod ibi olim reperta
sit ista constitucio. Nam ipsi monachi hoc decre-
tum ab ipso suae fundationis die usque ad de-
struccionem ipsius loci ultimam, quam fecerunt ipsi
Sarraceni qui de Fraxenedo exierunt, inviolabiliter
et inconcusse tenuerunt. De qua nonnulli exemplum sumentes, observari dicuntur, quemadmodum
ipsi nuper observabant, veluti hodie faciunt ali-
quantuli, et ipsi valde perpauci. Erat enim ipse

locus ita in circuitu suo oppido premunitus, ut cum
modicis obstaculis possit undique protegi, aut cum
stipitibus maceriave vel peribolo. Ergo ex uno
latere rupis excelsa atque saxea preminet, in cuius
cacumine sunt ecclesiae a predictis patribus fabri-
cate; ex altera vero parte montem excelsum atque
nemorosum nomine Panarium, qui in sua summitate pascua dicitur retinere uberrima.

3. Nam cur hoc feminis illo tempore vetitum
sit, ne ad hunc coenobium accessum aberent, quan-
doque necesse est, quantulumcumque pudore ab-
iecto quippiam ennarrare. Igitur devotissimus vir
Deo Abbo patricius antequam tantum coenobium, id
est Novaliciense, sua sacra ordinacione institueret,
fuit in eadem civitate monasterium, scilicet Siusina,
in loco cui vocabulum est Urbiano. In quo fuerat
prepositus quidam, contra quem diabolus insidiator
humani generis sua profana machinamenta seviter
iaciens, concupivit etiam, quod nefas est dicere,
formam cuiusdam mulieris. De quo scelere predictus Abbo altius cum ingemuisset, cepit casus humane fragilitatis, ut in priori libello dixi, cogitare,
dicens: *Non potest tuta fore monachorum abitacio,
si circa urbes vel vicos fiat eorum assidua conver-
sacio.* Tunc mutavit monasterium in ipsa valle Novelucis, ubi testamentum suum feliciter delegavit,
precipiens abbati et monachis, ut nulla femina nobilis vel ignobilis ultra ipsum sacrum locum audeat
pedibus contingere; relinquens interea in priori
cella aliquantos monachos diuturna religione probatos, sub dicione ipsius loci scilicet Novaliciensis.
In quo siquidem loco tam ab ipso quam etiam ab
illius loci abbatibus proibitum sit semper ibi accessum feminarum, usque quo profanatum est ipsum
locum ultima vice ab impia gente Sarracenorum.
Ecce cunctis liquide patet, unde iste mos primum
monasteriis inoleverit. Hec autem sentencia, que

huic libro inserendo conscripsimus., non de rela-
cione alicuius hominis vel nostro visu addidimus,
sed ad quodam antistite Petro, qui librum quondam suis legit temporibus Veronam, in quo multa
de eodem loco invenit. Ab ipso enim audivimus
talia, qualia hic a nobis apposita sunt. Scimus
ergo in veritate, nonnullas fuisse quondam vitas in
illo loco conscriptas de illorum abbatum seu monachorum atque de hactu ipsius loci, qui diutissime olim ibi sanctitatem exercentes, virtutibus
coruscantes micuerunt; sicut legimus de Asinario
et Waltario ac de Arnulfo et Frodoino, de Aldrado
quoque atque de aliis pluribus, quorum nomina a
nobis omnino ignota sunt. Sed sicut superius iam
diximus, per mundum dispersi predicti libri inre-
cuperabile nobis est dampnum.

    4. Quodam igitur tempore cum Karolus princeps
Francorum, Pipini ducis filius, dum regnum Italicum divinitus a Deo optinuisset et in Novalicio
monasterio quodam tempore residisset, — scilicet
in diebus sancte quadragesime; nam ista ei erat
consuetudo, quando in Italiam veniebat, ut in supradictis diebus in antedicto manebat loco; dilige-
bat enim ipse valde hoc coenobium, eo quod
multi nobiles ex regno Francorum in eum sepius
viderentur sumere abitum religionis — cumque quadam die ad matutinum ipse imperator surrexisset
monachorum, videlicet in feria quinta qua celebra-
batur cena Domini, erat uxor eius regina nomine
Berta multo tempore cupiens videre hunc monasterium. Quae latenter surgens eadem nocte, nemine
sciente preter unam suam fidelissimam, induit se
byrro, ut a nemine agnosceretur, concitoque gradu
extemplo tendit ad monasterium. Ubi ante fores
oratorii beati Petri advenit, subito cecidit ac ilico
exspiravit. Cum autem finitum matutinum rex ad
cubiculum regrederetur, invenit eam iacentem, ubi

prius corruerat. Pueri vero regis qui antecedebant, adhibitis propius cereis contemplabantur eam, mirantes quenam esset. At ubi rex eam agnovit, ita inquid ad eam: *Cum illis ergo pedibus, cum quibus huc venisti, heu nequibis, mi cara, iam remeare.* Amoventesque igitur protinus eam multumque eius funus plangentes, in diem usque tercium eius protendentes sepulturam, ad ultimum cum maximo honore cum turba copiosa eius ducentes obsequium ad ecclesiam beate Marie, que Ad crucem dicitur, humantes sepelierunt. Cuius sepulchrum ab incolis loci saepius mihi ostensum est. Rex autem monasterium suis regiis decorans muneribus, abiit.

5. Ad dexteram namque huius monasterii partem habetur montem Romuleum, excelsiorem cuntis montibus sibi adherentibus. In hunc ergo montem fertur quondam habitasse estivis temporibus Romulus quidam rex elefantiosissimus, a quo et nomen accepit, propter refrigerium et amoenitatem loci vel lacus. Hic ergo mons ad dexteram ut diximus circumcingit predictum coenobium, ad cuius radicem pergit iter qua vehitur Burgundiam. In eo quippe monte asserit popularis vulgus habere nonnulla ferarum genera, sicut et in Cinisio monte, ursi, ibices, capreae et aliarum ad venacionem apta. De quo oritur rivulus, descendens per nimiam petrarum ipsarum profunditatem, in quo dicitur fontem salitam orire mixtimque cum eo currere. Ibices autem et capreae ac oves domestice sepius solent ad eum concurrere, scilicet per crepidinem ipsius alvei, cum in planitiem dimergitur, ob amorem salis, ubi plerumque capiuntur. Dicunt autem, quod in isto monte Romuleo inormem quondam congregasset pecuniam predictus Romulus, cum in eum maneret, ubi nullus qui sponte velit pergere, aliquando ascendere valet. Hic autem senex, qui mihi tanta de eodem loco retulit, insinuavit mihi,

quod quodam tempore ipse observasset magnam
coeli serenitatem, in qua summo surgens maue
cum comite quodam nomine Clemente ad eundem
quantocius festinant scandere montem. Qui cum
iam prope essent, cepit cacumen eius nubium den-
sitate cooperire ac tenebrescere; deinde paulatim
crescens, pervenit usque ad ipsos. Ipsi vero inter
tenebras nubium positi manibusque se palpantes,
vix per eandem obscuritatem evadere potuerunt.
Visum itaque, ut dicebant, erat illis, ut desuper
lapides mitterentur. Nam et aliis nonnullis talia
contigisse ferunt. In summitate vero sua ex una
parte nil aliud invenitur ˌpraeter salvincam; ex
altera namque parte lacum mirae magnitudinis cum
prato fertur esse. Idem autem senex solitus erat
narrare de quodam cupidissimo marchione nomine
Arduino; qui cum sepius talia a rusticis audiret, videlicet de thesauro in eo congregato, accensoque
animo protinus mandans clericis, ut celeriter secum propere illuc ascendere debeant. Qui acce-
ptam crucem et aquam benedictam atque vexilla
regia letaniasque canentes, ire perrexerunt; qui antequam pervenirent ad apicem montis, aeque ut
primi cum ignominia sunt reversi. Ergo quia oc-
casio narrandi se intulit, dum circumquaque nar-
racio se extendit, amodo ad ennarrandum opus
ceptum vertamus stilum.

6. Itaque ab episcopis Maurigenensis ecclesie
sermonem exordiamur. Inclitus autem Abbo patricius Romanorum sic inter cetera quae instituit
vel ordinavit, talia fatus verba ait: *A clericis itaque istarum civitatum vicinarum, quibus Deus me
rectorem et dominum constituit, praecipio, ut nullam
aliquando violenciam, scilicet ab archidiacono vel
primicerio predicti paciantur monachi; et ut crisma
et sacro gratis ab ipsis accipiant oleo. Consecra-
tiones quoque altarium vel benedicciones sacerdotum*

*seu clericorum ab episcopo ecclesiae Maurigenensis
sine aliquo lucro vel premio accipiant; statimque
post peractam consecracionem sine mora episcopus
ad propriam redeat sedem. Si autem episcopus ibi
defuerit per qualicumque absencia, supradicti monachi ubi melius elegerint accipiant episcopum, qui
et ipse eadem faciat similiter.* Hucusque de decre-
tis viri religiosisimi Abbonis. In solempnitatibus
vero beati Petri apostolorum principis erat talis consuetudo, ut veniens episcopus predictus Maurigenensis cum mapula, ad omne quidem obsequium
abbatis paratus, digniter ut decebat valde stola indutus candida, ante ipsius sacri coenobii stabat abbatem ad tota missarum solempnia. Nam usque
in presentem diem in antedictu episcopio ab ipsis
tenetur beneficium, quod olim ab ipso monasterio
optinuerunt prius episcopi quam ipsi. Sic fecisse
refertur Mainardus, Ioseph, Wilielmus, Benedictus
episcopi. Historum ergo pithafia episcoporum in
praedicto sepius vidi monasterio, ubi umati quiescunt.

7. Dicitur autem in hoc monasterio prisco habuisse tempore monachum quendam olitorem, nomine Waltharium, nobili ortum stigmate ac regali
procreatum sanguine. Famosissimus enim valde
ubique fuisse adletham ac fortis viribus refertur,
sicut de eo quidam sapiens versicanorus scripsit:

Waltarius fortis, quem nullus terruit hostis,
Colla superba domans, victor ad astra volans.
Vicerat hic totum duplici certamine mundum,
Insignis bellis, clarior ast meritis.
Hunc Boreas rigidus, tremuit quoque torridus Indus;
Ortus et occasus solis eum metuit.
Cuius fama suis titulis redimita coruscis,
Ultra caesareas scandit abhinc aquilas.

Hic post multa prelia et bella, que viriliter in
seculo gesserat, cum iam prope corpus eius senio conficeretur, recordans pondera suorum delicto-

rum, qualiter ad rectam penitentiam pervenire me-
reretur.   Qui cum in monasterio, ubi districtior
norma custodiretur monacorum, explere melius
animo deliberasset, continuo baculum queritans
perpulcrum, in cuius summitate plurimis configi
precepit anulis, qui per singulis ipsorum anorum
singulis tintinnabulis appendi fecit; sumensque habitum peregrini, atque cum ipso pene totum per-
agrans mundum, ut exploraret cum ipso studia
vite monacorum atque regulam ipsorum, ad quo-
rumcumque pervenisset monasteria.   Tuncque illam
quam olim ferunt peregrinacionem habuisse, ag-
gressus est.   Qui cum in qualicumque ingrederetur
monasterium tempore quo ipsi monachi ad laudes
Deo reddendas intrabant — hoc enim ipse valde
observabat, — percuciebat siquidem bis vel ter
cum ipso baculo pavimentum ecclesiae, ut ad sonitum ipsorum tintinnabulorum discerneret illorum
disciplinam.   Erat enim in eo maxima calliditas et
sollertis exploratio, ut sic monachorum disciplinam
agnosceret.   Qui cum, ut supra retulimus, prope
totum peragrasset cosmum, venit utique ad Nova-,
liciensem tunc in studio sanctitatis famosissimum
monasterium.   Ubi cum ingressus esset ecclesiam,
percussit more solito ecclesiae solum.   Ad quem
sonitum quidam ex pueris retrorsum aspiciens, ut
videret quid hoc esset, protinus magister scole in
eum prosiliens, alapa percussit puerum alumpnum.
Ubi ergo Waltarius talia vidit, ingemuit ilico et
ait: *En ergo hic, quod multis diebus nonnulla terrarum spacia quaeritans repperire talia adhuc non
valui.*   Exiens igitur statim ab ecclesia, mandavit
siquidem abbati, ut secum colloquium habere dignaretur.   Cui cum suam insinuasset voluntatem, in
proximo habitum sumens monacorum, efficitur protinus cultor orti sponte et voluntarie ipsius monasterii.   Ipse vero accipiens duas longissimas funes,

extenditque eas per ortum, unam scilicet per longum, alteram namque per transversum, tempore
estatis omnes noxias in illas suspendebat erbas,
videlicet radicibus ipsarum desuper expandebat contra solis fervorem, ut ultra non vivificarentur.

8. Hic ergo Waltarius quis vel unde nuperrime
fuerit, vel a quo patre genitus sit, non est bonum
silencio abscondere. Fuit enim quidam rex in Aqui-
tanie regnum nomine Alferus. Hic de coniuge propria habuit filium nomine Waltarium, quem supra
nominavimus. Huius temporibus in Burgundie
regnum alius rex extiterat nomine Criricus, qui similiter habuit filiam valde decoram nomine Ildegun-
dam. Hii vero reges iuramentum inter se dede-
rant, ut quando ipsi pueri ad legitimam etatem
primitus venissent, se invicem sociarent, scilicet
cum tempus nubendi illis venisset. Qui ergo pueri
antequam se sociarent, subiecta sunt regna patrum
suorum atque ipsi obsides dati sub dicione regis
Atile Flagellum Dei, qui eos secum duxerat cum
Aganone obside regis Francorum nomine Gibico.

9. Hii namque pueri Attila causa obsidionis a
propriis accipiens patronibus cum maxima pecunia,
ad sua cum suis repetit arva. Sic quidam metri-
canorus de ipsis ait:

Tunc Avares gazis onerati denique multis,
Obsidibus sumptis Haganone, Hilgunde puella
Necnon Walthario, redierunt pectore laeto.
. Attila Pannonias ingressus et urbe receptus,
Exulibus pueris magnam exhibuit pietatem,
Hac veluti proprios nutrire iubebat alumpnos
Virginis et curam reginam mandat habere.
Ast adolescentes propriis conspectibus ambos
Semper inesse iubet, sed et artibus imbuit illos,
Presertimque iocis belli sub tempore habentis.
Qui simul ingenio crescentes mentis et aevo,
Robore vincebant fortes animoque sophistas,

Donec iam cunctos superarent fortiter Hunos.
Militiae primos tunc Attila fecerat illos;
Sed non inmerito; quoniam si quando moveret
bella per insignes regionum illarum, isti ex pugna
victoria micabant, ideoque princeps ille quidni dile-
xerat illos? Virgo etiam, quae cum ipsis ducta fuerat
captiva, Deo sibi prestante reginae placavit vultum,
et ipsa auxit illi amorem. Ex nobilis ergo moribus
et operum habundans sapientiae, ad ultimum vero
fit ipsa regis et reginae thesauris custoda cunctis
Et modicum deest quin regnet et ipsa;
Nam quicquid voluit de rebus fecit et actis.
Gybichus interea rex Francorum defungitur, et regno
illo Cundharius eius successit filius, statimque foedera
Pannoniarum dissolvit, atque censum illi deinceps
negavit. At vero Haganus exul, agnita proprii do-
mini morte, ilico fugam parat. Ex cuius discessum
rex cum regina multum dolentes, Waltharium reti-
nere nitentes, ne forte simili exitu illum ammittentes,
rogare illum coeperunt, ut filiam alicuius regis sa-
trapis Pannoniarum summeret sibi uxorem, et ipse
ampliaret illi rure domosque. Quibus Waltharius
talia respondit verba: „Si nuptam," inquid, „acci-
piam secundum domini preceptum,
In primis vinciar curis et amore puelle,
Aedificare domos cultumque intendere ruris.
Nil ergo, mi senior, tam dulce mihi, quam semper
tibi inesse fidelis; teque optime deprecor pater per
propriam vitam atque per invictam gentem Panno-
niarum,
Ut non ulterius me cogas sumere taedas."
Cumque haec dixisset, sermones statim deserit
omnes.
Sicque rex deceptus, sperans Waltharium recedere
numquam. Moxque satrapae illi certissima venerat
fama de quandam gentem quondam ab Hunis de-
victam super se iterum hostiliter ruentem.

Tunc ad Waltharium convertitur actio rerum;
Qui mox militiam percensuit ordine totam,
Et bellatorum confortat corda suorum.
Nec mora, consurgit, sequiturque exercitus omnis.
Et ecce locum conspexerat pugnae,
Et numeratam per latos aciem campos;
Iamque congressus uterque infra teli iactum
Constiterat cuneus. Tunc utique clamor ad auras
Tollitur; horrenda confundit classica voce,
Continuoque hastae volitant hinc indeque densae.
Fraxinus et cornus ludum miscebat in unum,
Fulminis inque modum cuspis vibrata micabat.
Fulmineos promunt henses clipeosque revolvunt.
Inde concurrit acies, et postmodum pugnam re-
staurant,
Ibique pectora equorum partim rumpuntur pecto-
ribus,
Sternuntur et quasdam partes virorum duro umbone.
Waltharius tamen in medio furit agmine bello,
Obvia quaeque metens armis, hac limite pergens.
Hunc ubi conspiciunt hostes tantas dare strages,
Acsi presentem metuebant cernere mortem;
Et quemcumque locum seu dextram sive sinistram
Waltharius peteret, cuncti mox terga dederunt.
Cumque ex victoria coronati lauro Waltharius cum
Hunis reverteretur, mox palatini ministri arcis
Ipsius laeti occurrerunt, equitemque tenebant,
Donec vir inclitus ex alta descenderent sella.
Quique demum forte requirunt si bene rés vergant.
Qui modicum illis narrans intraverat aulam.
Erat enim oppido lassus, regisque cubile petebat.
Illicque in ingressu Hilgundem solam offendit re-
sidentem;
Cui post amabilem amplexionem atque dulcia oscula
dixit:
„Ocius huc potum ferto, quia fessus anhelo.“
Illa mero tallum complevit mox pretiosum,

2

Atque Walthario ad bibendum obtulit: Qui signans
     accepit,
Virgineamque manum propria constrinxit; at illa
Reticens vultum intendit in eum.
Cumque Waltharius bibisset, vacuum vas reddidit
     illi —
Ambo enim noverant de se sponsalia facta —
Provocat et tali caram sermone puellam:
„Exilium pariter patimur iam tempore tanto.
Non ignoramus enim, quod nostri quondam pa-
     rentes
Inter se nostra de re fecere futura."
Quae cum diu talia et alia huiusmodi audisset virgo
verba, cogitabat hoc illi per hyroniam dicere, sed
paululum cum conticuisset, talia illi fatur:
„Quid lingua simulas quod ab imo pectore dampnas?
Ore mihi fingis, toto quod corde refutas,
Tamquam si sit tibi magnus pudor ducere nuptam."
Vir sapiens contra respondit, et intulit ista:
„Absit, quod memoras. Dextrorsum porrige sensum.
Scis enim, nil umquam me simulata mente locutum.
Adest itaque hic nullus, exceptis nobis duobus. Amodo
namque esto mente sollicita, quae extrinsecus es re-
gis reginaeque thesauris custoda.
In primis galeam regis tunicamque trilicem
Assero loricam fabrorum insigne ferentem.
Diripe bina, dehinc mediocria scrinia tolle.
His armillarum tantum da Pannonicarum,
Donec vix releves unum ad pectoris honum,
Inde quater binum mihi fac de more coturnum.
Insuper a fabris hamos clam posce retortos.
Nostra viatica sint pisces simul atque volucres.
Ipse ego piscator sed auceps esse cohartor.
Haec intra ebdomede caute per singula comple.
Audisti quod habere vianti forte necesse est.
Postquam septenos Phoebus remeaverit orbes
Convivia laeta parabo

Regi ac reginae, satrapis, ducibus famulisque,
  Atque omni ingenio potu sepelire studebo,
ita ut nullus supersit, qui sciat vel recognoscat, cur
vel ob quam causam factum sit tale convivium. Te
tamen premoneo mediocriter vinum utere, ut vix
sitim extinguas ad mensam. Reliqui vero cum sur-
rexerint, tu ilico ad nota recurre opuscula. At ubi
potus violentia superaverit cunctos,
  Tunc simul occiduas properemus querere partes."
Virgo vero dicta viri valde memor praecepta com-
                    plevit. Et ecce
Prefinita dies epularum venit, et ipse
Waltharius qui magnis instruxit sumptibus escas.
Luxuria denique in media residebat mensa. Rex
itaque ingreditur aulam, velis undique septam; heros
itaque solito more salutans quem magnanimus
  Duxerat ad solium, quem bissus compsit et ostrum.
  Consedit, laterique duces hinc indeque binos
  Assedere iubet; reliquos locat ipse minister
  Centenos simul accubitus, et diversas dapes libans
                    convivia redundat.
His sublatis alie referuntur edende,
Et pigmentatos crateres Bachus adornat.
Waltharius cunctos ad vinum ortatur et escam.
Postquam depulsa fames fuerat atque sublata mensa,
Waltharius iamdictus dominum letanter adhorsus
Dixit: „In hoc rogito gratia vestra ut clarescat
In primis, atque vos reliquos laetificetis."
Qui simul in verbo nappam dedit arte peractam,
Gestam referentem priorum ordinem sculture ipsius.
Quam rex accipiens uno austu vacuaverat.
Et confestim iubet reliquos omnes tali bibitione
                    imitari.
Tunc citissime accurrunt pincerne atque recurrunt:
Pocula plene dabant, et inania suscipiaebant.
Ebrietas fervens tota dominatur aula.
Balbutit madido facundia fusa palato.

2*

Seniores fortes videres plantis titubare:
Taliter in seram produxit bacchica noctem.
Nam ire volentes Waltharius munere retraxit, donec
pressi somno potuque gravati per porticibus sternun-
tur humo tenus omnes passim. Eciamsi tota civitas
igne fuisse succensa, et ipse flamivoma super ipsos
crassari videretur, scilicet minitans mortem,
   Nullus remansit, qui scire potuisset causam.
Tandem dilectam vocat ad semet mulierem,
Precipiens causas citius deferre paratas.
Et ipse de stabulis duxit victorem aequorum,
Quem ob virtutem leonem vocitaverat ipse.
Stat sonipes, ac frena ferox spumantia mandit.
Postquam enim hunc caballum ligamentis solito
                   circumdederat, ecce
Scrinia plena gazae, quibus utrique suspendit lateri,
Atque itinere longo modicella ponit cibaria,
Loraque virgineae mandat fluitantia dextrae.
Ipseque vestit lorica more gygantis,
Atque capiti inposuit suo rubras cum casside cristas,
Ingentesque complectitur aureis ocreis
Et levum femur ancipiti precinxerat hense,
Atque alio dextrum pro ritu Pannoniarum.
His tamen ex una tantum dat vulnera parte.
Tunc hastam dextra rapiens clipeumque sinistra,
Coeperat invisa terra trepidus decedere.
Femina duxit ęquum, nonnulla talenta gerentem.
Ipsa vero in manibus virgam tenet simul colurnam,
In qua piscator hamum transponit in undam.
Nam idem vir maximus gravatus erat undique tęlis;
Ob hoc suspectam habuit cuncto sibi tempore pugnam.
Sed cum prima lumina Phoebus rubens terris ostendit,
In silvis latitare student, et opaca requirunt.
Ergo tantum timor pectora muliebria pulsabat,
Ut cunctos susurros, auras vel ventos horreret,
Formidans collisos racemos sivę volucres.
Vicis diffugiunt, speciosa novalia linquunt,

Montibus intonsis cursus ambage recurvos.
Ast urbis populus somno vinoque solutus.
Sed postquam surgunt, ductorem quique requirunt,
  Ut grates faciant hac festa laude salutent.
Attila nempe utraque manu caput amplexatur, ęgre-
diturque thalamo ipse rex; Waltharium dolendo advo-
cat, ut proprium quereret forte dolorem. Cui re-
spondent ipsi ministri, se non potuisse invenire virum;
sed tamen princeps sperat, eundem Waltharium in
somno quietum recubare tentum hactenus, hac oc-
cultum locum sibi delegisse sopori. Ospirin vero re-
gina, hoc illi nomen erat, postquam cognovit Hilde-
gunde abessę nec vestem deferre iuxta suętum morem,
tristior satrape inmensis strepens clammoribus dixit:
  „O detestandas quas hęri sumpsimus ęscas!
O vinum, quod Pannonias destruxerat omnes!
Quod domino regi iam dudum prescia dixi,
Approbat iste dies, quem nos superare nequimus.
Hen! hodie imperii nostri cęcidisse columpna
Noscitur; hen! robur procul ivit et inclita virtus,
Waltharius lux Pannoniae discesserat inde;
Hildgundem quoque mí karam deduxit alumpnam!“
Iam princeps efferus nimia succenditur ira.
Mutant priorem laetitiam merentia corda.
Sic intestinis rex fluctuatur undique curis,
Atque ipso quippe die fastidit omnino potus et ęscam,
Nec placidam curam membris potuit dare quietem.
At ubi nox supervenit atra,
. Decidit in lectum, ubi nec lumina clausit,
Vertiturque frequenter de latus in laterę,
Tamquam si iacula transfixus esset acuta.
Indeque surgens discurrit in urbem,
Atque thorum veniens, simul attigit atque reliquid.
Taliter insomnem consumpserat Attila noctem.
  At profugi comites per amica silentia euntes.
Tunc rex votum fecerat, ut si quis Waltharium illi
vinctum afferret,

Mox illum aurum vestiret saepe recoctum.
  Sed nullus in tam magna regione
fuit inventus tyrannus, dux sive comes seu miles sive
minister, qui quamvis proprias ostendere cuperet vi-
res, Waltharium aliquando iratum presumpserit ar-
mis insequi.   Nota siquidem virtus eius fuerat facta
prope omnibus terrae habitatoribus.   Qui Waltharius,
ut dixi, fugiens noctibus ivit, atque die saltus requi-
rens et arbusta densa.   Hic vero arte accersita pa-
riter volucres arte capit, nunc fallens visca, nunc
fisso denique ligno.   Similiter in flumina inmittens
hamum, rapiebat sub gurgitibus predam.
  Sicque famis pestem pepulit tolerando laborem.
  Namque toto tempore fugae se virginis usu
  Continuit vir Waltharius, laudabilis heros.
Et ecce quadraginta dies sol per mundum circumflexerat,
  Ex quo Pannonia fuerat digressus ab urbe.
  Ergo eo die, quo numerum clauserat istum,
  Venit ad fluvium iam vespere mediante,
  Cui nomen est Renum, qua cursus tendit ad urbem
  Nomine Warmatiam, regali sede nitentem.
  Illic pro naulo pisces dedit antea captos;
  Cumque esset transpositus, graditur properanter
                     anhelus.
Orta vero dies,
Portitor exsurgens prefatam venit in urbem,
Ubi regali coquo, reliquorum certe magistro,
Detulerat pisces, quos vir ille viator dederat.
Hos vero dum pigmentis condisset et apposuisset
Regi Cundhario, miratus fatur ab· alto:
„Ergo istiusmodi pisces mihi Francia numquam
                   ostendit.
Dic mihi quantotius, cuihas homo detulit illos?“
At ipse respondens narrat, quod nauta dedisset.
Tunc princeps hominem iussit accersire eundem;
Et cum venisset, de ré quesitus eadem
Talia dicta dedit et causam ex ordine pandit:

„*Vespere enim preterito residebam ego litore Rheni.*
Conspexi, et ecce viatorem vidi festinanter venire,
Tamquam pugne per membra paratum.
Aere etenim poenitus fuerat, rex inclite, cinctus;
Gerebat namque scutum gradiens, et hastam cho-
     ruscam.
Viro certe forti similis fuit, et quamvis ingens
Asportaret honus, gressum tamen extulerat acrem.
Hunc incredibili forme puella decorata nitore
Assequebatur, ipsaque caballum per lora rexit ro-
     bustum,
bina quidem scrinia non parva ferentem dorso.
Quae scrinia, dum cervicem sonipes ille discutiebat
ad altum, voluminaque crurum superba glomerare
cupiebat, dabant sonitum quasi quis gemmis illise-
rit aurum. Hic miles mihi presentes pro munere
dederat pisces." *Cumque his Hagano audisset verbis*
— *residebat quippe ad mensam* —   •
 Laetus. in medium prompsit de pectore verbum:
„*Congaudete mihi, queso, quia talia novi.*
Waltharius collega meus remeavit ab Hunis."
Cundharius vero princeps atque superbus ex hac
     ratione
Vociferatur, et omnis ei mox aula reclamat:
„*Congaudete mihi, iubeo, quia gazam, quam Gy-*
bichus rex pater meus transmisit Attile regi Hun-
norum, hanc mihi cunctipotens huc in mea regna
remisit." *Qui cum dixisset talia, mensam pede per-*
culit, et exiliens ducere aequum iubet et sellam com-
ponere ilico sculptam; atque de omni plebe elegit
duodecim viros, viribus insignes et plerumque animis
probatos, inter quos simul ire Haganone iubebat.
Qui Hagano memor antiquae fidei et prioris sotii,
nitebatur transvertere rebus. Rex tamen e contra
instat et clamat:
 „*Ne tardate, viri! precingite corpora ferro!*"
Instructi itaque milites telis, nam iussio regis ur-

gebat, exiebant portis, ut Waltharium caperent, sed
omnimodis Hagano prohibere studebat.   At infelix
rex coepto itinere resipiscere non vult.   Interea vir
inclitus atque magnanimus Waltharius de flumine
pergens venerat in silvam Vosagum ab antiquis temporibus vocitatam; nam nemus est ingens et spa-
tiosum, atque repleta ferarum plurima, habens ibi
suetum canibus resonare tubisque.   In ipsa itaque
sunt bini montes in secessu ipsius atque propinqui,
in quorum medium quamvis angustum sit spatium,
tamen specus extat amoenum.

    Mox iuvenis ut vidit, „Huc“ inquit „eamus.“
Nam postquam fugiens Avarorum arvis discesserat,
Non aliter somni requiem gustaverat idem,
Quam super innixus clipeo vix clauserit oculos.
Tum demum bellica deponens arma, dixit virgini, in
cuius gremium fuerat fusus: „Circumspice caute,
Hildegund, et nebulam si tolli videris atram, tactu
blando me surgere commonitato.   Etiamsi magnam
conspexeris ire catervam, ne subito me excutias a
somno, mi kara, caveto; sed instantem cunctam
circa explora regionem.“   Haec ait, statim oculos
conclauserat ipse, desiderantes frui iamdiu satis
optata requie.

    Ast ubi Cundharius vestigia pulvere vidit,
Cornipedem rapidum saevis calcaribus urguet, dicens:
„Accelerate viri! iam nunc capietis eumdem.
Numquam hodie effugiet: furata talenta relinquet.“
Ilico inclitus Hagano contra mox reddidit ista: „Unum
tantum verbum dico tibi, regum fortissime:
    Si toties tu Waltharium pugnasse videres,
Quotiens ego nova caede furentem,
Numquam tam facile spoliandum forte putares.
Vidi Pannonicas acies, cum bella agerent
Contra aquilonares sive australes regiones.
Illic Waltharius propria virtute choruscus,
Hostibus invisus, sociis mirandus obibat.

Quisquis ei congressus erat, mox Tartara vidit.
O rex et comites, experto credite, quantus
In clipeum surgat, qua turbine torqueat hastam."
Sed dum Cundharius malesana mente gravatus
Nequaquam flecti posset, castris propiabant.
At Hiltgund de vertice montis procul aspiciens,
Pulvere sublato venientes sensit; ipsum
Waltharium placido tactu vigilare monebat.
Eminus illa refert quandam volitare phalangam.
Ipse vero oculos tentos summi glaucomate purgans,
Paulatim rigidos ferro vestiverat artus.
Cumque paululum properassent, mulier corusscantes
ut vidit hastas, stupefacta nimis „Hunos hic" inquit
„habemus."   Que ilico in terram cadens effatur ta-
lia tristis:
  „Obsecro, mi senior, mea colla seccentur,
  Ut que non merui thalamo sociari,
  Nullius iam ulterius paciar consocia carnis."
Cui Waltharius: „Absit quod rogitas; mentis depone
pavorem.   Ipse Dominus, qui me de variis sepe
eduxit periculis, ille valet hic hostes, credo, confun-
dere nostros."   Haec ait, oculosque adtollens effa-
tur ad ipsam: „Non assunt hic Avares, sed Franci
nebulones, cultores regionis."   Aspicit, et gnoscens
iniunxit talia ridens: „En galeam Haganonis! meus
collega veternus atque socius."
  Hoc heros introitum stationis hadibat,
  Inferius stanti predicens sic mulieri:
  „Coram hac porta verbum modo iacto superbum:
Hinc nullus rediens Francus, quis suae valeat nun-
ciare uxori, qui tante presumpserit tollere gazae."
Nec dum sermonem conpleverat, et ecce humo tenus
corruit, et veniam petiit, quod talia dixit. Postquam
autem surrexit, contemplans cautius dixit: „Omnes
horum quos video nullum timeo, Haganone remoto.
Nam ille meos per prelia scit mores, iamque didicit,
tenet et hic etiam sat callidus artem.   Quem si forte

volente Deo intercepero solum; ex aliis namque for-
mido nulla.“
  Ast ubi Waltharius tali statione receptum
  Conspexit Hagano, satrapae mox ista superbo
  Suggerit verba: „O senior, desiste lacessere bello
  Hunc hominem! Pergant primum qui cuncta re-
            quirant,
  Et genus et patriam nomenque et locum relictum,
  Vel si forte petat pacem 'prebens sine sanguine.“
Qui licet invitus dicta Haganoni acquievisset, misit
ilico e suis, mandans Walthario, ut redderet pecu-
niam quam deferebat.   Ad quos Waltharius talia
fertur dedisse verba: „Ego patri suo eam non tuli
neque sibi. Set si voluerit eam capere, vi defendo
eam fundens alterius sanguinem.“   Cumque hec de-
nunciata essent Cundhario, protinus misit, qui eum
oppugnarent.   Vir autem ille fortis ut erat, viriliter
se ab ipsis modicum defendens, ilico interfecit.   Rex
autem ut vidit, et ipse protinus feroci animo cum
reliquis super eum venit.   Waltharius vero nichil
formidans, sed magis ut supra viriliter instabat pre-
lio. Cepit autem et ex illis Waltharius victoriam,
occisis cunctis preter regem et Haganonem.   Qui cum
eum nullatenus superare possent, simulaverunt fu-
gam.   Sperans ergo Waltharius eos inde discedere,
reversus in statione acceptaque omni suppellectili sua,
et ipse mox cum Ildegunda ascensis equis cepit iter
agere.   Cumque Waltharius egressus esset ab antro
quinque vel octo stadia, tunc leti posterga ipsius
recurrentes memorati viri, quasi victum eum iam
extra rupe cogitabant.   Contra quos ilico Waltharius
quasi leo insurgens, armis protectus fortiter debel-
labat bellantibus sibi.   Qui diu multumque invicem
pugnantes ac pre nimia lassitudine et siti deficien-
tes, iam non valebant virorum fortissimum superare.
Et ecce respicientes viderunt a sagma Waltharii
vasculum vini dependere.

10. Interea in eodem monasterio pro consuetudine eisdem temporibus dicitur habuisse plaustrum ligneum mire pulchritudinis operatum, in quo
nichil aliquando fertur portasse aliquid preter unam
perticam, quae sepissime configebatur in eo, si
necessitas cogeretur; sin autem, tollebatur et alio
in loco recondebatur. In cuius summitate ferunt,
qui videre vel audire a videntibus potuerunt, habuisse tintinnabulum appensum, valde resonantem.
Cortes vero vel vicos ipsius monasterii, quae erant
proximiores monasterio per Italiae tellus, in quibus ministri monachorum oportunis temporibus con-
gregabant granum aut vinum. Cum autem necessitas vehendi exigeret ad monasterium eundem
sumptum, mittebatur plaustrum hoc cum predicta
pertica in eo conficta cum skilla ad predictos vicos, in quibus scilicet vicis inveniebantur nonnulla
alia plaustra congregata, plerumque centena, aliquando etiam quinquagena, quae deferebant fru-
menta vel vinum ad antedictum coenobium. Hoc
vero plaustrum dominicale nil ob aliud mittebatur
nisi ut agnoscerent universi magnates, quod ex
illo inclito essent plaustra monasterio. In quibus
erat nullus dux, marchio, comes, presul, vicecomes
aut villicus, qui qualicumque violentia auderet eisdem plaustris inferre. Nam per foros Italiae an-
nuales, ut tradunt, nullus audebat negotia exercere,
donec eundem plaustrum vidissent advenire mer-
catores cum skilla. Contigit autem quadam die,
ut ministri ipsius ecclesiae cum supradictis plau-
stribus oneratis solito venirent more ad monasterium. Qui venientes in ipsa valle, in quodam
prato invenerunt familiam regis pascentes equos regios. Qui statim ut viderunt tanta
bona servis Dei ministrare, fastu superbiae inflati
insurgunt ilico super eisdem hominibus, auferentes
ab eis omnia quae deferebant. Qui defendere vo-

lentes sę et sua, incurrerunt in maiorem ignomi-
niam, perdentes omnia. Qui statim mittunt lega-
tum ad monasterium, qui ista nunciaret abbati et
fratribus.

11. Abbas autem mox iussit congregari fratres,
quibus insinuavit omnem rei eventum. Erat autem
tunc pater congregationis eiusdem monasterii nomine Asinarius, vir sanctitatis egregius, Francicus
genere, multis fulgens virtutibus. Cui cum unus
nomine Waltarius, cui superius memoriam fecimus,
respondisset, ut diligeretur illic predictus pater sa-
pientes fratres, ob quorum precacionem tanti sum-
ptui dimitterent iamdicti predones invasionem: respondit protinus eidem abbas et ait: *Quem pruden-
tiorem et sapientiorem te mittere possimus, omnino
ignoramus. Te autem, frater, moneo ac iubeo, ut
celerius ad eos pergas, nobisque victum vi raptum
quantocius reddere festinent moneto; alioquin citissime
in gravi ira incurrant Dei.* At Waltarius cum sci-
ret conscientie sue illorum contumacia ferre non
posse, respondit, se denudandum ab ipsis tunicam
quam gestabat. Predictus vero pater, cum esset
religiosus, ait: *Si abstraxerint a te tunicam, da
illis et cucullam, dicens preceptum tibi fuisse a fratribus.* Cui Waltarius: *Ergo de pellicia ac de inte-
rula quid facturus sum?* Respondit venerandus pater et ait: *Dicito, et ex illis tibi a fratribus aeque
a fratribus fuisse imperatum.* Tunc Waltarius: *Obsecro, mi domine, ne irascaris, si loqui addero. De
femoralia quid erit, si similiter voluerint facere ut
prius fecerunt?* Et abbas: *Iam tibi predicta suffi-
tiat humilitas: nam de femoralibus tibi aliud non
precipiam, cum magna nobis videatur fore humilitas
priorum vestium expoliatio.* Exiens vero Waltarius,
cum talia audisset a tanto patrono, coepit a familia
queritare monasterii, an haberetur ibi caballum, cui
fiducia inesset bellandi, si necessitas cogerętur. Cui

cum famuli ipsius aecclesiae respondissent, bonos
et fortes habere poene se essedos, repente iussit
eos sibi adsistere. Quibus visis, ascendit mox cum
calcaribus causa probationis supra singulorum dorsa;
cumque promovisset primos et secundos, et sibi
displicuissent, rennuit eos, extemplo narrans illorum
vitia. Ille vero recordans secum nuper deduxisse
in monasterio illo caballum valde bonum, ait illis:
*Illum ergo caballum quem ego huc veniens adduxi,
vivit an mortuus est?* Responderunt illi: *Vivit, domine,* inquiunt; *iam vetulus est, ceterum ad usum
pistorum deputatus est, ferens quotidie annonam ad
molendinum hac referens.* Quibus Waltharius: *Ad-
ducatur nobis, et videamus qualiter se habetur.* Cui
cum adductus esset et ascendisset super eum ac
promovisset, ait: *Iste,* inquid, *adhuc bene de meo
tenens nutrimentum, quod in annis iuvenilibus meis
illum studui docere.* Accipiens ergo Waltharius ab
abbate et cunctis fratribus benedictionem ac valedicens, summens secum duos vel tres famulos, propere venit ad iamdictos predatores. Quos cum humiliter salutasset, coepit illos monere, ne iam servis
Dei ulterius talem inferrent iniuriam, qualem tunc
fecissent. Illi autem cum dura Walthario coepissent respondere verba, Waltharius e contra sepissime illis duriora referebat. Hii vero indignati hac
superbiae spiritu incitati, cogebant Waltharium
exuere vestimenta, quibus indutus erat. At Waltharius humiliter ad omnia illos obaudiebat iuxta
preceptum abbatis sui, dicens a fratribus hoc sibi
fuisse imperatum. Cumque expoliassent eum, coeperunt etiam calciamenta et caligas abstrahere.
Cum autem venissent ad femoralia, diutius institit
Waltarius, dicens sibi a fratribus minime fuisse
imperatum, ut foemoralia exueret. Illi vero respondentes, nulla sibi fore cura de precepta monachorum. Waltharius vero e contra semper as-

serebat, nullo modo sibi convenisse ea relinquere.
Cumque coepissent illi vehementissime vim facere,
Waltharius clam abstrahens a sella retinaculum, in
quo pes eius antea herebat, percussit uni eorum
in capite, qui cadens in terram, velut mortuus
factus est: arreptaque ipsius arma, percutiebat ad
dexteram sive ad sinistram. Deinde aspiciens iuxta
se vidit vitulum pascentem; quem arripiens, abstraxit ab eo humerum, de quo percutiebat hostes,
persequens ac dibachans eos per campum. Volunt
autem nonnulli, quod uni eorum, qui Waltario plus
ceteris inportunius insistebat, cum se inclinasset,
ut calciamenta Waltharii ab pedibus eius extraeret,
hisdem Waltharius ilico ex pugno in collum eius
percutiens, ita ut os ipsius fractum in gulam eius
caderet. Ex illis namque plurimis occisis, reliqui
vero in fugam versi relinquerunt omnia. Waltharius autem adepta victoria accipiens cuncta et sua
et aliena, repedavit continuo ad monasterium, cum
maxima preda oneratum. Abbas autem talia ut
ante audierat, vidit, ilico ingemuit ac se in lamen-
tum et precibus cum reliquis pro eo dedit fratribus, increpans eum valde acrius. Waltarius vero
exin penitentiam accipiens a predicto patrono, ne
de tanto scelere superbiretur in corpore, unde iacturam pateretur in anima. Tradunt autem nonnulli, quod tribus vicibus cum paganis superir-
ruentibus pugnaverit, atque victoriam ex illis capiens ignominiose ab arva expulerit. Nam ferunt
aliquanti, quod alio tempore, cum de prato reverteretur ipsius monasterii, quod dicitur Mollis, de
quo eiecerat equos regis Desiderii, quos ibi invene-
rat pascentes ac vastantes erbam; qui cum multos
ex illis debellans vicisset ac reverteretur, invenit
iusta viam columnam marmoream, in qua percussit bis ex pugione, quasi leto animo ex victoria;
qui maxima ex ea incidens parte, deiecit in terram.

Unde usque in hodiernum ibi dicitur diem **Percus-**
sio vel Ferita Waltari.

12. Obiit interea vir magnanimus atque inclitus comes et aleta Waltharius senex et plenus dierum. Quem asserunt nostri multos vixise annos,
quorum numerum collectum non repperi; sed in
actibus vitae suae cognoscitur, quibus extiterit temporibus. Hic sicut legitur in hoc fuisse evo prudentiae corporis ac decore vultui strenuissime ad-
ornatus, ita in predicto monasterio post militie con-
versionem amoris obedientiae et regularis discipline
oppido fervidissimus fuisse cognoscitur. Inter alia
etiam, que ipse in eodem gessit monasterio, fecit
siquidem, dum vixit, in summitate cuiusdam rupis
sepulcrum, in eadem petra laboriosissime excisum;
qui post suae carnis obitum in eodem cum quodam nepote suo, nomine Rataldo, cognoscitur fuisse
sepultus. Hic filius fuit filii Waltharii, nomine
Ratherii, quem peperit ei Hildegund prenominata
puella. Horum ergo virorum ossa post multos annos defunctionis suae sepissime visitans pre manibus habui. Nam huius Rathaldi capitis quedam
nobilis matrona, cum illo causa orationis cum aliis
convenisset ex Italiae tellus, occulte in braciale
supposuit suo, atque ad quendam castrum suum
deportavit. Quod cum quadam die igne supposito
concremaretur, post multa adustionem illum recordans capite foras traxit atque contra igne tenuit;
qui mox mirifice extintus est.

13. Post itaque incursionem paganorum, quae
ultima contigerat vice antequam hisdem locus reaedificaretur, ignorabatur omnino supradicta sepul-
tura Waltharii ab incolis loci, sicut ceteras alias.
Eratque tunc vidua nomine Petronilla in civitate
Sigusina, quae ob nimiam senectutem totam ut
ferunt incedebat curvam; cuius quoque oculi iam
pene caligaverant. Haec vero mulier habuit filium

nomine Maurinum, quem pagani de predicta valle
secum vim facientes deduxerunt cum ceteris con-
captivis. Cum quibus, ut dicebat, amplius quam
triginta in illorum manserat arva annorum; postmodum vero licentia a proprio accepta domino, ad
domum remeavit propriam; in qua inveniens matrem iam senio confectam, ut supra diximus, quae
cotidie ad solis residere erat solita teporem supra
quandam amplissimam petram, quae proxima erat
civitati. In huius ergo femine circuitu veniebant
viri cum femine civitatis, scisitantes ab ea de anti-
quitate ipsius loci. Quae referebat illis multa, maxime de Novalicio monasterio. Dicebat enim illis
multa et inaudita, quae viderat vel audierat a pro-
genitoribus, et quantos abbates, quantasve destru-
ctiones ipsius loci facte a paganis fuerant. Haec
igitur quadam die deduci illic se fecerat a quibusdam viris; quae ostendit illis sepulturam Waltharii
quae ante ignorabatur, sicut ab antenatis audierat;
quamquam enim nulla foeminarum olim appropin-
quare illo in loco audebat. Referebat etiam, quantos puteos nuperrime in illo habebantur loco. Nam
vicini agebant pretaxatae mulieris, ducentos prope
vixisse annos.

14. Antiquis quoque temporibus erat monasterium subditum Novalicio in vallem Bardoniscam,
ubi dicitur Plebemartyrum, pro eo quia ibi quondam occisi fuerunt monachi ipsius monasterii, cum
diversi generis atque sexus qui ibidem quasi con-
fugium fecerant, a paganis Langobardi, eo tempore,
quo ipsi Novaliciensem monasterium similiter de-
populaverunt. Inter quos interfectus fuit quidam
monachus nomine Iustus, qui iustus erat et nomine
et opere, atque alter cui nomen fuit Flavianus.
Horum namque monachorum epythafia suis capitibus subposita sunt tempore interfectionis eorum.
Quorum unus sic legebatur: *Hic iacet Iustus mona-*

chus frater Leonis, sotius sancti Petri Veri. Alterum
vero non reminiscimus.

15. In eodem denique monasterium multae fiunt
semper sanctorum visitationes, que sepissime bonis
monachis et simplitioribus hominibus apparent. A
quibus nonnullis audivi, Domino teste, referre, quia
tanta turba beatorum hominum albatorum ibi bonis
apparent in silentio noctis, quanta si videres ex
civitate aliqua omnes viri et femine simul pergere,
sicut faciunt christicoli tempore rogationum, quando
pergunt per eclesias sanctorum sufragia flagi . . .
. . . .

(17.) . . . . patricio, qui et ipse mox
tradidit eidem loco atque abbati, pro eo quia prope
erat de iamdicti coenobii; et ille archiepiscopus
recepit prefatam cellam puellarum vocabulo Sancti
Petri in sua civitate.

18. Cum autem vir clarissimus atque mente et
rebus Deo ditissimus iam sepedictus patricius, cum
cuncta donatione, quae ex suis opibus et ruribus
sive servis et ancillis, quibus beato Petro Novaliciensi monasterio tradiderat, quem sibi, ut supra
locuti sumus, heredem mente devota instituit, timens
ne aliquando post multa annorum curricula ipsud
monasterium a qualicumque gente vastaretur, quod
et ter eu! factum fuisse legimus: precepit ex can-
didissimis marmoribus et diversis lapidum generi-
bus mire pulchritudinis et altitudinis elevari archum
in Sigusina civitate, herens muros ipsius de foris;
sub quo olim terebatur via, qua vehebatur iuxta
aqueductum ante castrum Viennensis. In quo fecit
ex ambabus scribere partibus, quae et quanta in
ipsa civitate et in tota valle tradiderat herede suo
beato Petro; ut si aliquando invidiante vel inci-
tante diabolo monasterium ipsud destrueretur, ut
monachi qui ibidem iterum aedificantes habitare
vellent, in predicto lectitando invenirent archo,

3

quae ad eundem locum pertinere videbatur arva.
Propterea enim studiosissimus pater in predicto
scribere voluit archo, ut quanto plures eam lege-
rent, tanto minus honor ipsius monasterii occulta-
retur; videlicet ut hi qui de Italia transituri erant
ad Galliam, supra se ante oculos in promtu haberent eandem scripturam; similiter vero illi qui de
Gallia viam carpebant ad Italiam, ex altera archi
parte haberent quae legere possent; quatenus semper scirent monachi ipsius coenobii, quid olim ibi
delegisset ipse. Similiter per omnes vicos et cur-
tes precepit fieri; quae usque in odiernum perma-
nent diem. Ipse vero residebat in castrum Vien-
nense, in quo aliquantas petras de eadem re iussit conscribi.

19. Erant autem sub eodem monasterio eo tempore multa monasteria, scilicet in Frantia et in
Burgundia sive in Italia seu in Gallia, necnon et
per diversas provincias, sicut et in Roma duo monasteria, atque in Ingolismo alia duo. Cum vero
persecutio paganorum facta fuisset in predicto Novalicio, tunc illi monachi qui erant de Frantia, ad
propriam repedaverunt arvam manentes deinceps
per cellulas, quae ante fuerant sub eius ditione con-
stitutae. Similiter namque alii atque alii fecerunt,
deferentes libros ex illo antiquissimo loco atque
membranas. Tertia autem destructione facta, permansit locus ille sacer ac Deo dicatus annis absque habitatione alicuius hominis. Sicque factum
est, ut cum illi qui de Frantia fuerant sive de diversis locis, sicut supra diximus, qui ob metum paganorum exinde fugissent, ut amplius non repeda-
rent Novalicio, neque illi ex Novaliciensi suos ultra
agnoscere potuerint fratres, cum omnes monachi
infra supradictorum annorum solitudinis illius de-
functi fuerint.

20. Narrabo etiam adhuc miracula, quae de tanto

bene condecet fari loco. Erat preterea nostri temporis in familia predicti coenobíí bubulcus quidam,
ortus ex viculo quodam Viennensi urbi proximo,
nomine Gislardus, qui amplius quadraginta annorum fertur in ipso servisse loco. Hic cum quadam die summo surrexisset crepusculo, ut boves
eiceret in pratum quod est ante ipsum sacrum monasterium ad pascendum, continuo se ubi pervenit
in quodam loco conculcans obdormivit. Qui cum
post somnii quietem surrexisset, omnem comam
capitis hac barbam in eodem loco, ubi obdormivit,
mox cęcidit ut surrexit. Erat enim valde capillatus,
ut asserunt qui eum ante viderunt, hac barbam habens prolixam. Mecum enim per triennium habitans,
sepissime loquelae eius et aspecti omnino ubertim
fruitus sum. Alio namque tempore militum turba
in eodem causa orationis convenerat loco. Ubi
dum omnes quiętem corporis in nocte dedissent,
unus ex illis, cui aequi traditi fuerant ad custodien-
dum, in predictum eos eiciens pratum, ut pastu her-
barum reficeret, eos ilico insecutus est. Ubi cum
se inclinasset et obdormisset, omnes capilli eius
a capite defluxerunt. Hisdem namque vir ut surrexit, mox caput eius denudatum apparuit, lucens
tamquam quis galeam ferret in capite micantem
hac perlucentem. Continuo sotii illius cum vidissent quae evenerat, mirati sunt dicentes: *Supra
tumbam alicuius sancti obdormisti.* Ipse vero lacri-
mis totus profusus, cum maximo dolore et ignominia talia videbatur invitus sustinere. Et quid mirum, si in eodem tanta fiunt miracula loco, in quo
multa quondam fuerunt martiria diversa genera
celebrata?

EXPLICIT LIBER II.

INCIPIUNT CAPITULA LIBRI TERTII.

1. *De quodam viro insignissimo atque precipuo nominę Magafredo.*
2. *De filio eius nominę Frodoino, quem puerum Novaliciensi monastico ordini tradidit erudiendum.*
3. *Quod idem iuvenis crescendo obedientiae sub abbate pollebat, atque de virtute in virtutibus semper proficiebat.*
4. *Quod post eiusdem monasterii patris obitum memoratus Frodoinus in loco ipsius sit ordinatus.*
5. *Quod nemo hominum potest prudentiae eius sanctitatis pleniter ennarrare.*
6. *Quod suis temporibus Karolo regi Francorum Dominus per visionem insinuavit, ut ad Italiam suae dicioni properaret subiugandam.*
7. *Quod Gemino monte ubi primum pertransivit, in Novalicio mox aliquandiu cum exercitu consedit.*
8. *Ubi omnem sumptum monachorum in cibum cum suis consumpsit.*
9. *De Desiderio rege Langobardorum, qui omnem aditum Italiae illi prohibere voluit.*
10. *De ioculatore qui ad eum venit, et ei viam se ostensurum sine iacturam repromisit.*
11. *De sancto Frodoino abbate, qui ad eum duos monachos misit, mandans illi, ut in crastinum ante profectionem escam capere dignaretur.*
12. *De miraculis eiusdem beatissimi Frodoini, et quantam in eum rex ammirationem exinde habuerit.*
13. *Ubi multa bona pro ammiratione sanctitatis ibi facere predixit.*
14. *Quod post invasionem Italiae sancto viro cortem quandam regiam nominę Gabianam tradidit.*

EXPLICIUNT CAPITULA LIBRI TERTII.

INCIPIT LIBER TERTIUS.

1. Fuit igitur circa haec tempora apud regnum Francorum vir quidam inclitus nomine Magafredus, qui et ipse Francigena extitit, scilicet tempore Pipini

ducis eiusdem prenominate gentis. Hic vero, ut nonnulli tradunt, lineam consanguinitatis ab ipsis regibus Francorum priscis traxisse temporibus; fuit etiam dives in opibus hac terrarum fultus ruribus. His quoque diebus Liutprandus rex Langobardorum apud Italiam strenue regnabat, qui tantae longitudinis fertur pedes habuisse, ut ad cubitum humanum metirentur. Horum vero pedum mensura pro consuetudine inter Langobardos tenetur in metiendis arvis usque in presentem diem, ita ut pedes eius in pertica vel fune 12, fiat tabulam. Erat enim pius in pupillis et viduis, misericors in iudiciis, largus in aelemosinis pauperum, beneficus et rector Dei ecclesiarum. Huius ergo temporibus apud Forovicum erat sanctus Baodelinus, et in episcopio Astensis sanctus preerat Evasius episcopus. Ad hunc vero predictum regem Pipinus suum parvulum filium nomine Karolum direxit, ut ei iuxta more ex capillis totonderet et fieret ei pater spiritualis. Quod et fecit; nam remisit eum patri suo multis honoratus muneribus. Cumque Pipinus ex hoc mundo migrasset, regnante Karolo filius eius, Sarraceni super eius arvam irruentes devastabant cuncta. Qui Karolus statim per legatos Liutprando mandans, ut cum Langobardis Galliam sibi in adiutorium veniret. Nam coniuncti Franci cum Langobardis et cum excomprovincialibus, Sarraceni ab ipsa terra ignominiose eiecerunt. Non multo ergo post tempore gloriosus rex Liutprandus defungitur, et in loco eius Desiderius rex exaltatur. Huic ergo fuit uxor nomine Anza. Ergo de his nobis dicta sufficiant; succincte ad historiam redeamus.

2. Habuit siquidem idem prenominatus vir inter caeteros filios unum nomine Frodoinum, qui magnae auctoritatis et mirae sanctitatis apud Novaliciense oppido legitur fuisse pater. Siquidem cum esset parvulus puerulus, tradidit eum iamnominatus pater

abbati Novaliciensi coenobio, qui et ipse illis diebus maximis fulgebat in mundo virtutibus. Putatur
enim tunc pater eiusdem monasterii fuisse sanctae
memoriae Asenarius abbas. Fuerat siquidem et ipse
Francicus genere, hac nominatissimus inter proce-
ribus Francorum. Dedit ergo pater multa terrarum
predia eidem filio suo, quem tradidit monastico
ordini erudiendum.

3. Nutritus vero idem puer hac eruditus in omni
scientia litterarum, sive in cunctis in quibus doceri
eum oportuerat, factusque iuvenis, coepit semetipsum in nonnullis bonorum operum exercitiis con-
stringi, atque sapientioribus et sanctioribus senioribus ita oboedientiae et subiectione se humiliabat,
ut nullus putaretur in monasterio secundus. Sicque crescens de virtute in virtutibus, cotidie pollebat nonnullis bonis operibus. Quis ergo valet lingua facta illius explicare? Ante ergo, ut opinor,
tempus deficeret, lingua tabesceret, mens estuaret,
etiamsi tocius corporis membra verterentur in lin-
guas, nequirent fari virtutes illius, in quibus se die
noctuque exercitans, scilicet in vigiliis quibus aliis
preveniebat, orationibus peculiariis, maceratione
corporis, abstinentia ciborum et potuum, caritate,
humilitate, oboedientia, paciencia, castitate, mansue-
tudine, subiectione; et ut ante dixi, dies ante de-
ficerent, quam facta bona operum suorum lingua
explicare valeret.

4. Defunctus itaque est seculo almificus pater
Asenarius. Cui successit protinus in abbatia vir
valde laudabilis domnus Witgarius episcopus. Qui
cum obisset, successit post eum, eius sanctitatem
sequens gloriosissimus pastor Frodoinus. In huius
quoque abbatis electione postulatum est a Domino,
quis ex ipsis omnibus dignus esset tanti honoris
excipere. Quibus mox divinitus ostensum est, Frodoinum ad hoc esse dignum. Evenerat igitur illo

in loco tali consuetudine antiquis temporibus; ut
non aliquis ibi in pastorem eligeretur, defuncto
patre, donec cuncti fratres communi consilio una-
nimesque Dominum per biduanis et triduanis absti-
nentiae die noctuque supplicarent. Sicque a Deo
post hanc flagitationem digni ad laborem hunc inveniebantur; et ideo quia Dei cum voluntate fiebat,
semper bono melior subsequebatur. Haec vero non
vidi neque in lectione aliqua repperi, sed auditu
didici.

5. Erat preterea in beato Frodoino abbate tanta
vigilantia et studia sanctitatis, ut neminem in haec
arva abbatum vel episcoporum aut aliquem in studio sanctitatis degentem eius meritis et virtute
comparari audeam. Quippe cum nemo hominum
eius prudentiae vel sanctitatem nullomodo pleniter
possit ennarrari, cum in finem huius opusculi sui
mirum de eo quippiam et incredibile forsitan dictu-
rus sum.

6. Eo igitur tempore, quo fama istius viri sanctissimi per mundi partes micans refulgebat, Dominus omnipotens per visionem Karolo regi Francorum ostendere dignatus est, ut ad Italiam quantocius properaret suae dicioni subiugandam. Qui
protinus convocans vicinas gentes, fecit exercitum
copiosum cum manu valida Francorum, ad Italiam
disposuit ilico cum suis propere venire.

7. Movens interea idem rex ingentem exercitum
suum, pervenitque in montem Geminum, sive ia-
nuam regni Italiae dici potest, in quo olim templum ad honorem cuiusdam Caco deo, scilicet Io-
vis, ex quadris lapidibus plumbo et ferro valde
connexis, mirae pulchritudinis, quondam constructum fuerat. In eo quoque monte duae consur-
gunt fontes, unus ex uno latere montis, alter ex
alio, sicque in convallibus suis descendentes et paulatim crescentes magna efficiuntur flumina. Una

vero, cui nomen est Duria, pergens per Italiam semper turbida, paucos ferens pisces, non obmittens suum nomen, donec demergatur in Heridanum maximum fluviorum. Alia namque discurrit per Galliam provinciam, valde pisciferam et claram, usque dum veniatur in Rhodanum fluvium. Cumque de eodem monte Karolus descenderet, invenit in descensu ipsius montis turrem quandam, sub qua carpebatur via, in qua manebat latro cum suis latronibus, nomine Ebrardo; qui multa mala ibi faciens cum suis, non permittebat aliquem inlesum transire, aut depredabantur aut vapulabantur aut interficiebantur; sicque sanguis ibi innoxius nimis effundebatur. Hunc ergo latronem obpugnans Karolus devicit coepit et interfecit, turremque ipsam destruxit. Exinde vero movens exercitum, pervenit ad Novaliciense monasterium, ubi cum suis diutissime moratus est.

8. Cumque rex cum suis totam vallem Sigusinam occupasset, pervenit ipse, ut supra diximus, ad Novaliciensem famosissimum coenobium; ubi tamdiu stetit, donec omnem sumptum et escam monachorum in cibum consummeretur. Non enim ibi sine causa morabatur. Erat vero illis diebus hoc coenobium valde opulentissimum et rebus ditissimum, et de sanctissimo patre bene fuerat comptum.

9. Ante ergo adventum Karoli audiens Desiderius rex Langobardorum, quod super se venturus esset, misit ad universos potentes et magnates regni sui; sciscitat ab eis quid facturus esset. Qui respondentes dixerunt, non sibi posse cum modico exercitu occurrere, qui cum valida manu super se veniebat. *Sed iube*, aiunt, *omnes valles et aditos Italiae, per quos de Gallia ad Italiam transiri potest, muro et calce de monte ad montem claudere, et sic per propugnaculis et turribus aditum ipsum*

prohibere. Qui ita fecit. Nam usque in presentem diem murium fundamenta apparent; quemadmodum faciunt de monte Porcariano usque ad vicum Cabrium, ubi palacium illis diebus ad hoc spectaculum factum fuerat.

10. Dum autem haec a Desiderio facta fuissent, et Franci nullum transitum alicubi repperiri potuissent, veniebat pars exercitus Francorum per dies singulos, plerumque milleni, aliquando duo milia, obpugnabant et obsidebant Langobardos, super eis propugnaculis obsistentibus. Erat enim regi Desiderio filius nomine Algisus, a iuventute sua fortis viribus. Hic baculum ferreum aequitando solitus erat ferre tempore hostili, et ab ipso fortiter inimicos percutiendo sterni. Cum autem hic iuvenis dies et noctes observaret, et Francos quiescere cerneret, subito super ipsos irruens, percutiebat cum suis a dextris et a sinistris maxima caede eos prosternebat. Cum vero haec per dies singulos agerentur, contigit ioculatorem ex Langobardorum gente ad Karolum venire, et cantiunculam a se compositam de eadem re rotando in conspectu suorum cantare. Erat enim sensum predicte cantiunculae huiusmodi:

Quod dabitur viro premium,
Qui Karolum perduxerit in Italiae regnum,
Per quae quoque itinera
Nulla erit contra se hasta levata,
Neque clypeum repercussum,
Nec aliquod recipietur ex suis dampnum?

Cumque haec dicta ad aures Karoli pervenissent, accersivit illum a se, et cuncta quae quesivit dare illi post victoriam repromisit.

11. Karolus ergo mandans suos, mox in crastinum paratissimos esse ad iterandum. Ubi sanctissimus pater Frodoinus hoc comperit, protinus illi duos monachos misit, mandans ut in crastinum

ante profectionem escam capere dignaretur. Quibus Karolus respondit: *Ergo iam plurimi evoluti
sunt dies, quibus ego cuncta vestra bona cum meis
in cibum consumpsi.* At illi perseveranter instabant,
ut iussa sancti viri facere dignaretur. Et ille *Faciam* inquid, *quod iubet dominus meus.* Illis vero
recedentibus, precepit suis tota nocte vigilare, et
explorare fores monasterii, ne de qualicumque
parte ibi cibum vel potum introduceretur. Sciebat
enim, quod nihil cibi vel potus sive aliquid ad ęden-
dum in monasterio remansisset. Noverat namque
per omnia virum esse sanctum.

12. Ea vero nocte idem pater beatissimus totam
duxit pervigilem, rogavitque Dominum cum lacri-
mis, qui servis suis in montibus et in desertis
locis semper ferculis suis ministrare dignatus est,
ut sibi misereri dignaretur, prebens alimenta monachis, et qui in deserti regione quinque milia ex
quinque panibus et duobus piscibus saciavit hominum, suis saciare dignaretur hospitibus. Cumque
his orationibus et aliis huiusmodi tota nocte pero-
rasset, repperit summo mane tanta copia vini et
panis in cellario, quanta aliquando ex labore proprio habere potuit. Erant enim omnia vascula
vinaria vino optimo replęta et orreum repletum
ipsum. Facta autem die, summens rex cibum cum
suis, sciscitat qualiter vel unde illis ipsum adyenis-
set cibum? Cui cum cuncta per ordinem relata fuissent, amirans ergo rex et clamans sanctitatem huius
viri, laudans Deum et glorificans abiit.

13. Promittens ergo interea rex ante suum egres-
sum ibi multa bona facere, propter ammirationem
predicti abbatis et veneratione eiusdem loci coetu-
que fratrum inibi degentium, quia multi nobiles
carne et nobiliores fide scilicet ex Francorum prosapia ibi Deo militabantur. Si quis vero episcopum
vel abbatem suo loco desiderasset, de monachis

ipsius loci et de discipulis beati Frodoini et de
eius doctrina viri requirebantur. De quibus nonnulli mirae et perfectae sanctitatis in eodem loco
exercebant.

14. Igitur tuba convocatus omnis regis exercitus, ipseque rex abbati et omnium fratrum orationibus se commendans, deinde valedicens, pre-
cedente iamdicto ioculatore coepit abire. Qui ioculator relinquens omnia itinera, ducebat regem
cum suis per crepidinem cuiusdam montis, in quo
usque in hodiernum diem Via Francorum dicitur.
Cumque de predicto descendissent monte, devene-
runt in planiciem vici, cui nomen erat Gavensis;
ibique se adunantes, struebant aciem contra Desi-
derium. Desiderius vero sperans Karolum ante se
ad bellum, Karolus autem a dorsa ipsorum de
monte descenso festinabat. At ubi Desiderius talia
comperit, ascenso aequo Papiam fugiit. Franci
enim diffundentes se huc illucque, capiebant omnia
vastantes castella scilicet et vicos. Tunc accedens
iamdictus ioculator ad regem, petiit ut sibi promis-
sum daretur, quod ante illi pollicitus fuerat. Tunc
ait illi rex: *Postula quod vis.* Cui ille: *Ergo ascen-
dam in unum ex his montium, et tubam fortiter per-
sonabo corneam, et quantum longe audiri potuerit,
dabis mihi in merito et munere cum viris et feminis.*
Et rex: *Fiat tibi iuxta verba tua.* Qui protinus
adorans regem abiit, ascendensque in uno monti-
culo, fecit sicut dixerat. Descendensque ilico ibat
per viculos et arvam, interrogans quos inveniebat:
Audisti, inquid, *sonitum tubae?* Cui si dixisset:
Etiam audivi, dabat illi mox colafum, dicens: *Tu,*
inquid, *es meus servus.* Ita ergo dedit illi Karolus,
quantum sonitum tubae audiri potuit; atque ita
dum vixit tenuit, suique filii post eum; qui usque
in presentem diem servi ipsi Transcornati vocantur.
Karolus denique capiens Taurinensem civitatem at-

que cunctas urbes et castra universa. Cumque ad
Papiam venisset, erat ibi eo tempore sanctus Theo-
dorus episcopus, qui tunc ibi episcopabat; ob cuius
meritis prohibitum est Karolo de coelo, ut dum
predictus episcopus viveret in corpore, non esset
ab eo capta ipsa civitate; nam ita divinitus Karolo
revelatum fuerat. Discedente itaque Karolo ab ea,
coepit abire per circuitu eiusdem civitatis, capiens
urbes universas, scilicet Eporediensem, Vercellis,
Novariam, Placentiam, Mediolanum, Parmam, Ter-
tonam, atque eas quae circa mare sunt, cum suis
castellis. Deinde non multo post defungitur ille
beatus episcopus. Insinuatum est protinus Karolo,
quod ille obisset; qui congregans statim universum
exercitum, tendit Papiam, circumdat eam atque ob-
sedit. Ibi autem Desiderius rex fugiens manebat
cum Algiso filio suo et filia. Erat autem Desiderius valde humilis et bonus. Tradunt vero nonnulli, quod cum hisdem Desiderius cotidię media
nocte surrexisset et veniret ad aecclesiam sancti
Michaęlis vel sancti Syri sęu per caeteras alias,
aperiebantur statim regiae divinitus ante suo conspectu. Dum ergo Ticinensis civitas diu obsideretur, contigit ut filia Desiderii compositam epistolam
ultra Ticini fluvium per balistam Karolo transmisit,
dicens, ut si se in coniugium accipere dignaretur,
traderet illi continuo civitatem et cunctum thesaurum patris. Ad haec Karolus scripsit talia verba
puellae, quae amorem ipsius magis in se incitare-
tur. Quae statim furando tulit claves portae civitatis, quae erant ad capud lectuli patris; atque
mandans per balistam Karolo, ut eadem nocte paratus esset cum suis, cum signum sibi ostendere-
tur, intraret in civitate. Qui ita fecit. Nam cum
Karolus ipsa nocte portae civitatis appropinquans
intraret, occurrit illi predicta puella, gaudio ex pro-
missione sublevata; quae statim inter pedes aequo-

rum conculcata atque interfecta est; erat enim nox.
Tunc in ipso fremitu aequorum per porta intran-
tium expergefactus Algisus regis filius, evaginato
ense percutiebat omnes Francos intrantes per portam. Cui pater statim interdixit, ne faceret, quia
voluntas Dei erat. Videns autem Algisus, quia
non poterat tanto exercitui sustinere, fugiens abiit.
Karolus vero capiens civitatem, ascendit in pala-
tium, ubi ad eum omnis civitas venit; receptaque
sacramenta fidelitatis, abiit. Post modicum denı-
que mandans predictus rex abbati Novaliciensis,
scilicet Frodoino, ut ad se veniret; quod et fecit.
Nam dedit illi cortem magnam nomine Gabianam,
ubi cum apendices suos erant mansas mille, propter
reverentiam abbatis, ad ipsum locum Novaliciensem.
Dicunt vero nonnulli, quod Karolus rex oculos eruis-
set Desiderii in Ticinensi civitate, ubi eum cepit.

15. Post denique invasionem Italiae a Karolo
facta, pergente eo in Romaniae tellus, ubi et imperium et patriciati honorem promeruit, revertente
eo, Ugonem filium suum puerulum adduci precepit, quem beato viro Frodoino commendans, roga-
vit ut in sancta et monastica professione illum nu-
triret. Qui benigne eum suscipiens aluit et nutri-
vit, ut filio tanti imperatoris decuit. Ob cuius amorem illo in loco multa predia terrarum et thesaurum multum ibi largitus est. Nam sanctos Cosmam
et Damianum martyres ibi adducens donavit; sanctum quoque Walericum similiter ibi largitus est,
atque aliorum sanctorum pignoribus.

16. Suo igitur tempore beatissimus Frodoinus
thesaurum multum ibi faciens congregavit. Cum
quo etiam thesauro fecit crucem in eodem loco,
auro argentoque necnon gemmis preciosissimis oppido operatam, in qua ferunt nonnulli gloriosis-
simis pignoribus habere, scilicet ex lacte beatissime
Mariae et de capillis suis et de circumcisione Do-

mini. · Caeterum quibus patrociniis in ea contineantur, facta ipsius demonstrant; nam paralitici curati, caeci inluminati, demones fugati, infirmi sanati, incendia sedata, furta inventa, sepissime et vidimus et audivimus per merita beatorum pignorum in ea quiescentium et beati Frodoini abbatis.

17. Eo tempore beatus Frodoinus volens testamentum ipsius aecclesiae renovari, quod quondam Abbo patricius de ipsa aecclesia fecerat tempore Theodorici Gothorum regis, misit duos monachos, Agabertum scilicet et Gislarannum, ad Karolum magnum imperatorem, ut sibi suo imperiali praecepto testamentum ipsud renovari concederet. Qui benigne illi annuens, cuncta quae illi petiit impetrare valuit.

18. Erat denique suo tempore villa nomine Otiatis de eodem coenobio, quam quidam homo nomine Dyonisius cum quondam filio suo Hunone beato Petro Novaliciensis ea dedit cum servis et ancillis, pro animae suae mercedem. Hii quoque famuli post multos dies et post mortem suorum dominorum coeperunt contra monachos et contra ministros ipsius aecclesiae insurgere et litigare, dicentes: *Nos neque nostri pertinentes non sumus de vestro monasterio, pro eo quia aviones nostri vobis pertinentes non fuerunt.* Post[b] paucos vero dies advenerunt legati Caroli imperatoris in Italiam, causas ipsorum hominum et aliorum discutiendas; inter quos adfuerunt Raperto comes et Andreas episcopus atque capellanus domni imperatoris; cum quibus etiam interfuerunt multi iudices et scavinis cum sculdaxibus, quorum nomina dicere potuissemus, si ad alia gressu concito non tenderemus; et consederunt in civitate Ticinensi. Tunc pater Frodoinus misit duos ex suis, Adam scilicet et Dodone monachos, cum Raimperto advocatus de Felecto ipsius monasterii. Inter quos etiam adfuerunt homines de

villa Oziatis, videlicet famulos ipsius monasterii.
Et facta reclamatione examinataque causa, sic dif-
finita est. Post nonnullos vero annos iterum ceperunt predicti homines vexari et eadem verba re-
petere ut prius, dicentes, contra legem omnino
fuissent pignorati et servitio additi humano. Tunc
etiam misit Hludowicus rex filius Caroli Boso comes cum suis iudicibus in Taurinensi civitate; inter
quos adfuit Claudius episcopus Taurinensis a parte
monasterii cum duobus monachis, Agleranno scilicet et Richario prepositis, cum suo advocatus. Tunc
pre manibus ostenderunt de predicta villa iudicatos
Dionisi atque Hunnoni pater et filius, in quibus con-
tinebatur, qualiter ipsos homines cum villa sub ditione sancti Petri Novaliciensis tradidissent. Erat
enim tunc pater Eldradus pastor ipsius monasterii.
Et convicti sunt homines iamdicti iterum in conspectu illorum omnium comitum iudicum cunctaque
convocatio.

19. Vixit autem sanctissimus pater Frodoinus in
abbatiam 43 annis sine crimine; quibus decursis,
migravit ex orbe 6. Idus Maii, plenus dierum; ordinatus vero in pastoralitate 4. Idus Februari. Nam
in testum quoque euangeliorum, quod Attepertus
ex precepto illius sanctissimi patris scripsit, in capite invenimus versus inter alios conscriptos ita:

Questio si lector movet, quis hunc condere librum,
Carmina cumque illum saltim nomine nota.
Frodoinus qui pridem pastor et inclitus euex
Nam per decies quater stabuli custos oviumque est,
His super adiectis ternis, sine crimine mansit.
Verum Attepertus scripsit ob nomine Christi.

20. Fuit enim hisdem Attepertus monachus et
sacerdos in iam sepe dicto monasterio, scilicet in
temporibus almi Frodoini. Hic famulus fuit predictae aecclesiae, tam in scientia litterarum valde
imbutus, quamque in recta conscriptione scriptor

velocissimus. Siquidem ipse multos et varios ac permaximos libros in eadem aecclesiam suis conscripsit temporibus. Ergo ubicumque sua manu antiquaria libros a se conscriptos inter alios invenimus, extimplo recognoscimus.

21. Quodam igitur tempore, cum cunctum Italiae regnum sub ditione Caroli pacifice subsisteret, ipseque in Ticinensi civitate, quae alio nominę Papia apellatur, resideret, Algisus Desiderii regis filius per semetipsum ausus est quasi explorando accedere, cupiens scire quae agebantur vel dicebantur, ut mos est invidorum. Erat enim ipse a iuventute, ut supra retulimus, fortis viribus animoque audax et bellicosissimus. Qui cum in predictam introisset civitatem, agnitus est omnino a nemine. Venerat itaque ibi navigio, non ut regis filius, sed ceu foret de mediocri vulgus modicaque militum turba constipatus. Cumque a nemine militum otius agnosceretur, tandem postremo agnitus est ab uno suo notissimo et patri suo quondam fidelissimo. Eratque tamdiu, quo patrem et regnum amiserat. Qui cum vidisset se omnino ab illo agnosci, et celari non posse, verba deprecatoria coepit illum rogare, ut per sacramentum fidelitatis, quod nuper patri suo et sibi fecerat, regi Carolo suam essentiam non insinuaret. Adquievit ille statim et ait: *Per fidem meam, non te prodam alicui, dum celare te potuero.* Ad quem Algisus: *Rogo ergo te, o amice, ut hodie ad mensam regis, quando pransurus est, in sumitate unius tabularum colloces me ad sedendum, et omnia ossa quae levatura sunt a mensa, tam carne detecta quamque cum carne de conspectu seniorum vexentium sublata, ante me quaeso ponere studeto.* Qui ait illi: *Faciam ut cupis.* Erat enim ipse, qui cibos regios solito inlaturus erat. Cumque ad expectatum iam venissent prandium, fecit ille omnia, ut dicta fuerant. Algisus vero ita confringebat omnia ossa

4

comedens medullas, quasi leo esuriens vorans predam. Fragmenta ergo ossium iaciens subtus tabulam, fecitque non modicam pyram. Surgens namque inde Algisus, ante alios abiit. At rex cum surrexisset a mensa, perspexit et vidit pyram predictam
subtus tabulam, et ait: *Quis*, inquid, *o Deus, hic
tanta confregit ossa?* Cumque omnes respondissent
se nescire, unus adiecit et ait: *Vidi ego hic militem
residere perfortem, qui cuncta cervina ursinaque ac
bubina confregebat ossa, quasi quis confringeret can-
nabina stipula.* Vocatusque est mox ille inlator ciborum ante regem. Cui ait rex: *Quis vel unde fuit
ille miles, qui hic sedit et tanta ossa edens confregit?* Respondit et ait: *Nescio, mi domine.* Et rex
Per coronam, inquid, *capitis mei, tu nosti.* Videns
autem se deprehensum, timuit ilicoque conticuit.
Cum autem rex animo percepisset, quod Algisus
fuisset ille, valde doluit, quod ita inpunis omisis-
set illum abire, aitque suis: *Qua*, inquid, *parte
abiit?* Ait illi unus: *Navigio ergo, domine, venit, et
ita suspicor eum abire.* Dixitque regi e suis alter:
Vis, inquid, *mi domine, ut persequar illum et inter-
ficiam?* dixitque illi rex: *Qualiter?* „*Da mihi orna-
menta brachiorum tuorum, et in ipsa eum tibi de-
cipiam.*" Dedit namque illi rex dextralia aurea, et
insecutus est eum, ut interficeret.

22. Cucurrit igitur vir ille post eum per terram
citissime, donec invenit. Qui cum vidisset procul,
vocavit eum nomine suo. Nam cum respondisset,
insinuavit illi, quod Karolus ei sua dextralia aurea
munere transmisisset, culpansque illum, quod ita
clam abscessisset; addiditque, ut navem ad ripam
prope declinaret. Declinavit ille mox navem. Cum
autem prope esset, vidissetque munusculum predictum in sumitate lanceae sibi porrigi, intellexit
statim malum sibi inminere. Statimque iectam in
dorso loricam arripiensque lanceam ait: *Si tu cum*

*lancea mihi ea porrigis, et ego ea cum lancea excipio.
Cęterum si dominus tuus mihi in dolo misit munera,
ut me interficeres, nec ego illi inferiorem debeo apparere. Mittam ergo illi mea.* Dedit ergo illi sua,
ut Carolo quasi in talionem afferret; et reversus
est ilico ille; fefellerat enim sibi suspicio sua. Ergo
cum Carolo optulisset dextralia Algisi, induit illam
sibi statim; quae cucurrerunt illi mox usque ad
humeros. Exclamans vero Carolus dixit: *Non est
hutique mirandum, si iste vir maximas abeat vires.*
Timebat autem semper idem rex Algisum, eo quod
sibi et patri regno privaverat; et quod viribus
laudabilis esset heros, propterea ad interficiendum
illum miserat.

23. Pervenit itaque Algisus, cum evasisset permaximum periculum, ad matrem suam Anzam reginam, quae tunc in partibus illis advenerat ob orationis causam, scilicet in Brixiensi civitate, ubi ora-
torium sanctorum Faustini et Iovittae miro opere
construxerat, multaque rura largiens ditissimum
fecit monasterium. Nam ipsa nuperrime, multo
donato pretio, sanctam Iuliam virginem ibi a Cor-
sica adduci fecit insula. Ergo quia iam longe nar-
rando discesseramus, nunc succincte ad istoriam
redeamus.

24. Defuncto interea seculo beatus pater Frodoinus, ut supra retulimus, domnum et religiosum
Amblulfum monachum in regimine ipsius surrexit
aecclesiae. Venerat ipse siquidem in monasterio
temporibus domni Witgarii episcopi atque abbatis.
Hic ex nobilibus ortus fuit parentibus, et ab pue-
ritiae suae traditus Deo et beato Petro apostolo
in Novalegiensi coenobio sub testimonio bonorum
hominum, devotus pater devotissime eum offerre
curavit. Nam in illa quoque offersione sic invenimus continere: *Dum legaliter sanctitum antiquitus
teneatur et cautum, cum oblationibus Domino paren-*

tes suos tradere filios, in templo feliciter servituros,
procul dubio hoc de nostris filiis faciendum nobis
salubriter prebetur exemplum. Aequum etenim iudico,
Creatori nostro de nobis reddere fructum. Idcirco
ego Widilo hunc filium meum Amblulfum, cum obla-
tione in manu atque peticione altaris pallam manu
mea involuta, ad nomen sancti Petri et sancti An-
dreae ceterorumque sanctorum, quorum reliquiae hic
continentur, et tibi Warnari presenti decano, ad
vicem domini Witgari episcopi seu et Richarii pre-
positi, trado coram testibus regulariter permansurum,
ita ut ab hac die non liceat illi collum desub iugo
regulae exscutere, sed magis eiusdem regulae fideliter
se cognoscat instituta servare et domino gratanti
animo militare. Et ut haec nostra traditio incon-
vulsa permaneat, promitto cum iureiurando coram
Deo et angelis eius, quia nunquam per me, num-
quam per suspectam personam, nec quolibet modo
per rerum mearum facultates aliquando egrediendi
de monasterio tribuam occasionem. Et ut haec petitio
firma permaneat, manu mea eam subter firmavi.

25. Cum autem hic sanctę et religiose vivere
in presenti studuisset seculo, post aliquantos annos
sarcinam carnis abiiciens, feliciter migravit ad Deum.
In cuius loco protinus ad regendam Novaliciensis
aecclesiam domnum et sanctum promoverunt fratres Hugonem, Karoli Magni filium. Ob istius
quippe Hugonis amorem, sicut supra in sua obla-
tione descripsimus, multa et carissima sanctorum
corpora cum variis vasculis aureis argenteisve ibi
pater eius Karolus largitus est. Ibi quoque cortes
in Italia seu in regno Francorum atque Burgundio-
num tradidit, tam pro filio quamque pro amore
almi sui magistri, videlicet Frodoini, cuius certe
vita et exempla imitatus est.

26. Dominavit namque abbatiam Novaliciensis
suis temporibus felix ipse feliciter ac prudenter.

Hic ergo tales abuit adiutores et amatores, quales
fuerunt reges Italiae atque Franciae, Karolum scilicet patrem suum et Hludowicum fratrem suum
atque Lotharium nepotem suum, ac alios post istos
sequentes. Carolus ergo dedit in predicto coenobio, scilicet in Mauriensis episcopio, duas cortes
Arva et Liana, et in Italia cortem Gabianam nomine, in qua corte cum appendices suos mille
mansas numerantur. Hludowicus namque eidem
cum patre Karolo auxit vallem Bardoniscam cum
castro Bardino. Lotharius vero de eadem valle
abbati Ioseph preceptum faciens, et insuper adcre-
vit Pagnum, quondam ditissimum et regalem monasterium, quod olim Aystulfus rex ambidexter
condiderat. Horum ergo precepta regum ex his
supradictis curtibus et aliis in hodiernum usque in
eodem monasterio conservantur diem.

27. Hoc siquidem tempore Karolus rex Francorum atque imperator et patricius Romanorum,
postquam 76 annis vitae vixerat in seculo, migravit ex hoc orbe 5. Kal. Februarii; nam regna tenens ipse dum vixit 46 annis feliciter, iam ab
incarnatione Domini anni evoluti octo centies et
quattuordecim. Sic enim in suo epythafio legitur:

Aurea coelorum postquam de Virgine Christus
Sumpserat apta sibi mundi pro crimine membra,
Iam decimus quartus post centies octo volabat
Annus, fluctivagi meruit quo fervida secli
Aetherei Carolus, Francorum gloria gentis,
Aequora transire et placidum conprehendere portum.
Qui deciesque quater per sex feliciter annos
Sceptra tenens regni et regno rex regna et iungens,
Febro migravit quinto arii ex orbe Kalendas.
Septuaginta sex vitae qui terminat annos.
Quapropter flagito, precibus si flecteris ullis,
Quique huius relegis lector epygramata versus,
„Astriferam Caroli teneat“ dic „spiritus arcem.“

Ad huius ergo Caroli funus affuisse dicunt filii eius, Hugo scilicet abba cum reliquis fratribus.

28. Circa igitur haec tempora, cum non inter se . aequaliter divisissent filii Caroli regna patris sui, ortum ilico bellum inter eos. Nam in campo quodam, ubi fontes nonnulle oriuntur, unde et nomen accepit videlicet Fontaneto, ibi quoque conglobati quattuor reges cum chuneis suis fortiter invicem dimicarunt; ubi occisa nonnulla milia hominum, non modicam ibi stragem dederunt. Qui licet multi ex utraque parte occubuerint, constat tamen Hludowicus cum Lothari filio, superatis fratribus, campum optinuisse cum victoria. Sicque victores effecti, regnum Italicum potiti sunt.

29. Eodem itaque die diabolus insidiator humani generis, qui haec inter eos perpetrari fecerat, Romanis hoc bellum nuntiavit. Ergo consedit. ipse in excelsioribus fenestris aecclesiae beati Petri, dum canonici pleniter offitium misse agerentur, retulit illis magna voce, quod Karolus iunior et Pipinus, Lotharius et Hludowicus reges in iamdicto campo prelia agebantur. Qui notantes diem et oram, ita invenerunt ut diabolus illis insinuaverat.

30. Erat preterea in arva Francorum monasterium quoddam ditissimum, in honore sancti Medardi confessoris fundatum, quod nuper Karolus ob amorem filii sui Hugonis, quem oppido videbat incrementu sanctae religionis et sanctitatis ubertim excrescere et ad exemplum beati viri Frodoini magistri sui de die in diem proficere, auxit, ut dicunt, ipsud monasterium Novalicio, ubi ipse preerat pater. Cantantur denique antiphone de predicto confessore bene composite per abbatiam Novaliciensis, quae per nulla alia monasteria cantari videntur, maxime infra regnum Italiae. Nam incomparabilem thesaurum et precipuum honorem ab ipsis regibus

Francorum quondam prenominatae abbatiae audivimus et vidimus conlatum.

31. Post paucos vero annos idem vir venerabilis Hugo, cum quadam die secundum morem abbatiae suae cellas causa providentiae et amonitionis circuiret, devenit in Frantie tellus, ubi multae cellae erant sub ditione Novaliciensis coenobii erecte. Quas cum ex parte requisisset, consedit mox in prefato monasterio videlicet sancti Medardi confessoris. In quo cum aliquantis commoratus esset diebus, infirmitate corporis tactus egrotare cepit; de qua aegritudine ad necem usque perductus, obiit illic Idus Iunii, per omnia felicissimus, ibique sacrum eius corpus honorifice quiescit humatus. Erat enim sapientia et sanctitate precipuus, elemosinis largus, pietate laudabilis, corpore castus, mente devotus, animo vigil, pulcritudine corporis valde decoratus, sicut prole tanti decebat imperatoris. Post multos itaque annos retulit nobis abbas ille de Sancto Medardo, quod prephatus Hugo abbas apud ipsos multis virtutibus et miraculis per eum Dominus illo in loco operatus sit, et quanta veneratione ab incolis loci haberetur. Hoc quoque defuncto, excellentissimus pater Eldradus in abbatia preficitur. Huius itaque patris vitam nostris temporibus, quantumcumque ex suis miraculis atque virtutibus colligere potuimus tam visis quam auditis lectisve, quibus per eum Dominus operare dignatus est, devotissime in eius laudibus simul scribere curavimus.

32. Post multa itaque annorum curricula tertius Otto imperator veniens in regionem, ubi Caroli caro iure tumulata quiescebat, declinavit utique ad locum sepulture illius cum duobus episcopis et Ottone comite Laumellensi; ipse vero imperator fuit quartus. Narrabat autem idem comes hoc modo dicens: *Intravimus ergo ad Karolum.*

Non enim iacebat, ut mos est aliorum defunctorum corpora, sed in quandam cathedram ceu vivus residebat. Coronam auream erat coronatus, sceptrum cum mantonibus indutis tenens in manibus, a quibus iam ipse ungule perforando processerant. Erat autem supra se tugurium ex calce et marmoribus valde compositum. Quod ubi ad eum venimus, protinus in eum foramen frangendo fecimus. At ubi ad eum ingressi sumus, odorem permaximum sentivimus. Adoravimus ergo eum statim poplitibus flexis ac ienua; statimque Otto imperator albis eum vestimentis induit, ungulasque incidit, et omnia deficientia circa eum reparavit. Nil vero ex artibus suis putrescendo adhuc defecerat, sed de sumitate nasui sui parum minus erat; quam ex auro ilico fecit restitui, abstraensque ab illius hore dentem unum, reaedificato tuguriolo abiit.

EXPLICIT LIBER TERTIUS.

INCIPIUNT CAPITULA LIBRI IV.

1. *De sanctisimo Eldrado abbate ipsius loci, unde oriundus extitit.*
2. *Quod suis temporibus rex Lotharius regalem quondam monasterium Novaliciensis tradiderit.*
3. *De campanile in ipso monasterio ab ipso edificato.*
4. *Epistola sancti Elderadi ad Florum directa.*
5. *Rescriptum Flori ad beatum Elderadum.*
6. *Item Florus ad eundem abbatem.*
7. *De quodam puero monacho, ab eius tumba humerum cuiusdam ferentem sancti.*
8. *De venatoribus quodam ab antro suo repulsis.*
9. *De bubis atque caballis, quos ab infirmitate liberavit vel liberat.*
10. *De me etiam, quem liberavit a dolore dentium.*
11. *De quodam aequo sibi promisso, qualiter a morte liberavit.*

EXPLICIUNT CAPITULA LIBRI IV.

INCIPIT LIBER QUARTUS.

[7. . . . . . Pater sanctus Eldradus exhalat animam; qui sepultus intra coenobium, infra thecam pausat dignissimam.]

[18. Ergo Valchinus archiepiscopus Ebredunensis primus noster adiutor et fundator fuit, avunculus Abbonis. Post Godo, post Abbo alius abbas, tum Ioseph, tum Ingellelmus, Gislaldus, Asinarius, Vitgarius episcopus, Frodoinus, Amplulfus, Ugo, Eldradus, Bonifacius, Richarius, Heirardus, Ioseph, Conibertus, Petrus, Garibertus, Georgius, Domnivertus, Belegrimus, Romaldus, Ioseph, Gezon, Gotefredus, Odilo, Eldradus, Benedictus, trigesimus Adregondus.]

[20. Et tunc Ioseph episcopus Eporediensis accessit Novalesii, et monachus factus, et factus abbas sub Lodovico rege, filio Lotharii, qui castrum Bardinum cum valle dedit Iosepho.]

[21. Herigario huic contulit coenobio et Lea uxor montem Vesenium . . . Tempore Heirardi abbatis erat Mainfredus comes palatii. . .]

[22. Circa haec tempora maxima pars Sarracenorum mare navium vehiculis transfretantes, ingressi sunt Fraxinetum ad habitandum; ubi plurimos annos commorantes, inexpugnabilem reddiderunt. Erat enim circumseptus nemore perdenso, maxime silvarum plurimarum . . . . . . Est autem locus ipse situs super ora maris, in Provincia prope Arelatem.]

[23. Morantibus interea eisdem Sarracenis in eadem arva, discurrebant huc illucque, depraedantes et vastantes cunctas provincias quae in circuitu suo fuerant, scilicet Burgundiam, Italiam, et caeteras quae proximiores videbantur.]

[24. Audiens itaque Domnivertus abbas profa-

nissimam famam eorum, qui tunc sanctae Novaliciensi preerat aecclesiae, nimis pavidus de eorum
metu factus, Taurinensi civitate fugere malo suo et
nostro curavit cum suis. Erat autem aecclesia in
prefata civitate in honore sancti Andreae et sancti
Clementis dedicata, ubi hodie dicitur Sanctum Benedictum, scilicet ad portam Sigusinam, quae longe
ante pertinens fuerat de ipsa Novaliciensi abbatia.
Ibi praefatus abbas mox ut venit, cum suis consedit. Fateor in veritate, melius illi fuisset et
omnibus monachis, ut valide in loco consisterent,
et colla sua ferro pro Dei amore submittere non
formidarent, ut per presentem mortem omne terri-
torium abbatiae cum cuncta supellectili locum conta-
minatum reservatumque foret, quam sic evasisse et
omnia perdidisse. Heu heu! tunc amisit sanctissima
mater nostra Novaliciensis ecclesia omnem honorem suum, insuper et dominatum suarum omnium
aecclesiarum . . . .]

[26. Ob inundationem Sarracenorum ex Fraxeneto, qui in monte silvis permaximis circumdato
inextricabilibus subterraneis cuniculis inhabitabant,
devastata Provincia Arelatensi, Burgundia, Cimella,
totam quoque Galliam Subalpinam sanguine et in-
cendio submerserunt, effugerunt monachi ex Novaliciensi monasterio, et pretiosiora queque Taurinum asportaverunt in templum sancti Andreae.
Et inter cetera delati sunt libri sex mille.]

26. Discedentibus denique monachis ab ipso
coenobio, statim dirissima gens Sarracenorum oc-
cupavere locum. Qui ilico depraedantes universa
quae invenire poterant, concremaverunt omnes
aecclesias ac domos universas. Invenerunt siquidem ibi duos senes monachos, qui illic ob custodiam ecclesiarum domorumque relicti fuerant; quos
arripientes, ad necem usque vulnerantes vapulave-
runt . . . . .]

[30. Veniente ergo abbate Domniverto cum monachis suis et cum cuncta suppellectile et thesaurum enormem in civitate Taurinensi, ibique monasterium aedificantes consederunt. Erat autem tunc in episcopio Taurinensi episcopus, nomine Wilielmus, sub cuius dominio erat prepositus nomine Riculfus. Hic notissimus satis et amicus valde fuerat monachorum suprataxatorum. Qui venientes in iamdictam civitatem, non habebant domos, ubi tantos libros et tantum thesaurum custodire quivissent. Commendaverunt ergo ipsi monachi ipsum thesaurum Riculfo preposito, et aliquid ex ipso thesauro inpignoraverunt, accipientes annonam, sicuti mos est advenarum qui in loco non serunt. Perturbata vero terra propter metum Saracenorum, fugientibus monachis — alii namque . . . nonnulli mortui — defungitur et ille Riculfus, periitque inpigneratum ut accommodatum. Sicque remansit pars maxima thesauri cum aecclesiasticis libris accommodati, nec postea recuperati. Hoc tempore in Taurinensi civitate translatio facta est sancti Secundi martyris infra civitatem, qui fuit dux Thebeorum legionis, facta a domno Wiliemo episcopo anno incarnacionis dominicae 906. Hic composuit passionem sancti Solutoris cum tribus responsoriis; et ab apostolico Romanae sedis et cunctorum episcoporum qui in sancta synodo convenerant, tribus annis ob poenitentiae causam ab episcopatu suspensus est.]

[EXPLICIT LIBER QUARTUS.]

INCIPIUNT CAPITULA LIBRI QUINTI.

De duobus Saracenis, qui ignem iactaverunt.
De Domniverto abbate.
De rege Hugone ac filio eius Lothario.
De Alberto marchione, patre Berengarii regis.
De mutatione eiusdem monasterii.
De Belegrino abbate.

De quodam milite Rogerius nomine.

De Berengario rege ac filio eius Adalberto.

De genealogia auctoris huius' libri.

De Adelaide regina uxore regis Lotharii.

De Canusino castro, in quo obsessa fuit.

De Otthone duce Baioariorum, qualiter Papiam
    venit et imperium sumpsit.

De lupariis regis.

De mecuriorum fratrum Arlandi et Garlandi, et
    quomodo Albertus marchio Bremetum vicum
    acquisivit, quomodo monasterium et caput
    abbatiae ibi statuit.

De Romaldo abbate.

De quodam Saraceno nomine Aimone.

Quod alii Saraceni ab isto de Fraxeneto expulsi
    et interfecti sunt.

De Ardoino predicto, quomodo vallem Segusinam
    beato Petro sustulit.

De praecepto quod Arduinus marchio clam acqui-
    sivit de nostra abbatia a rege Lothario.

De abbate Belegrimmo, qui epistolam de eodem
    Ardoino transmisit ad Iohannem papam.

De sene monacho et visione eius.

De praedicto praecepto, quod ab imperatore Ottone
    in igne sic iactato coram omnibus interventu
    reginae Adelaide, et ab alio, abbati impetrato.

De Sansone comite, qui sanctimonialem habitum
    in eodem monasterio sumpsit et cortem no-
    mine Canobium ibi dedit.

De aliis duobus comitibus, Rogero scilicet et Oberto,
    qui ibi sumpserunt habitum religionis.

De sancto Benedicto patre nostro, qui ibi cuidam
    fratri per matutinum apparuit.

De Iohanne abbate, atque de Gezone prudenti et
    humili viro.

De Bruningo monacho.

De Uberto praeposito.

EXPLICIUNT CAPITULA LIBRI QUINTI.

INCIPIT LIBER QUINTUS.

1. Tempore illo quo capti fuerant Sarraceni ex
Frasceneto villa, duo eorum constricti tenebantur
nodis in civitate Taurini ab Arduino, quorum seva
rabies iam pene fedaverat orbem. Erat in eadem
erectum castrum, ante cuius foras monasterium habebatur dedicatum in honorem sanctorum Andreae
Clementisque. Videntes igitur Sarraceni domum
Dei . eti referr . . . . . castro . . . . cogitare qualiter . . . . se vo . . libera-
rent . . . . suasione accendunt ecclesi
. . . . s aedes sacrae vaporant flammis . . .
haec vexatrix hominum pestis antiqua tales fecit . .
homines ut quos dederis precipites in mundo . .
. . . eq . . . feciss . . commercium. Consumatur
ergo domus Dei, ceteri mox fugam petunt. Factum
est autem dum fugerent, ilico a praesidente violenter capiuntur, crucisque post subiere martyrium.
Ibi vero opes multas amisimus, testamenta, verum
etiam libros, qui moderno in tempore monstrantur
semiusti.

2. De Domniverto abbate, qui illó erat, aliqua
optamus nunc dicere, ut coeptus ordo non omit-
tatur. Nil tamen boni dicere de eo quimus; sed
tamen ubi presentem amiserit vitam quoque loco
humatus sit, referre habemus. Hic vero persecutionem barbarorum fugiens, a monasterio Novelucis Taurinum veniens, in prelibato monasterio sarcinam deposuit carnis. Ex eo quod de eo memoriae tradatur non habemus; tantum ob id remi-
niscitur cum culpa, quod res sanctae aecclesiae
post cessatas persecutiones non exquirit, nec per
se nec per alium quemquam. Vixit autem in regimine abbatiali 41 annum. Circa hec tempora
Rodulfus rex regnavit apud Italos.

3. Non est nobis ignaviter accipiendum de Ugone callidissimo, qui iussu suo labefactat regnum Italiae. Is ortus est in finibus Viennensis, imperavitque regno Italiae. Hic denique mittens auriculares et praecones, qui lustrarent civitates et castellas, ne homines inconsulto loquerentur de eo, tantus namque pavor invasit cunctos, ut minime auderent loqui palam de eo, sed more scurrarum per calamos fossos ad invicem loquentes, sic insidias parabant ei. Ipse autem rex genuit filium, vocavitque eum Lotharium; qui convalescens ad iuvenilem pervenit aetatem. Gaudet quippe pater de semine necis; coniugem suadet accipere. Iste namque obtemperans monitis patris, coniugem accepit. Pater vero post dotem, succensus face luxuriae, nurum viciat, antequam ad filii perveniat thalamum. Ó nefas! libido sodomita inrepit patres, ut stuprum exerceant in nurus et etiam in filias, ut in acta legitur Apollonii. Sed divina pietas inultos habire non permittit. Illum namque fulmine percutit, ab ea celitus missum. Hic post perpetracionem vicii, vorticem subivit tetri vadi; morte namque prereptus, congrue funditus amisit vitam. Cuius filius succedens in regnum, tenuit Italiam. Putrida igitur radix ortus ex spinis, ledens omnia, et quae laedere non valens conculcabat pedibus, per viam nocentiae pertulit passus. Hic dum aliquando de Papia veniret Taurinum cum uxore sua, feria 4, quae est 13. die mensis Novembris, preceptum dedit Arduino marchioni abbaciae Bremensis. Qui non post multum tempus mortuus est transacto vix spacio unius mensis, feria 6, quae est 10. Kalendas Decembris, et Mediolanum vectus, ibique tumulatur in sepulchro sui genitoris.

4. Post mortem horum regum regnavit Berengarius cum filio suo Adelberto. Die dominica, quae est 15. die mensis, in civitate Papiae ad ab-

sidam sancti Michaelis sic electi sunt reges, ut
preessent Italiae. Qui inde exientes laureati cum
Willa uxore ipsius Berengarii, indicione nona.

5. Huius temporibus quidam vir extitit, clarus
genere sed clarior fide, nomine Albertus marchio,
pater huius Berengarii ut aiunt. Hic dum videret
loca nostra diruta a paganis, et monachos perire
egestate, tribuit ecclesiam consecratam in honorem
sancti Andreae cum porta commitale, secus murum
civitatis, ubi Deo opitulante monachi divinum exercent opus. ∵

6. In eodem loco quem supra nominavimus,
erat quidam abbas Belegrimmus nomine, humilis
et bene educatus, eruditus pericia litterarum, et ut
aiunt multi, auctor extitit hymni *Omnipotentis Dei,
et Genitoris*, qui more congruo per universa loca
habetica Bremetense oppido Dei in honorem modulatur in assumptione sanctae Mariae. Hic videns, negocium divinum nullomodo misceri posset
seculari, mutat monasterium quod constructum fuerat ante castrum, ad ecclesiam secus murum civitatis sitam ad portam commitalem.

7. Idem igitur domnus Belegrimmus, non satis
cautus his quae secularibus sunt, scientia litterarum sciolus, sed ignarus omnium quae huius saeculi sunt, quamvis foret nobilis secundum saeculi
putredinem, tamen omnia queque illi apponeban-
tur in mensa edebat, non interrogans quomodo aut
qualiter ei collata essent. Unde servi dolo capti,
bona non tradebant largienda, sed incocta quando
sibi bona reservabant. Is igitur post 19 annos vitam amisit labentis saeculi.

8. Itaque dum reteximus acta vel gesta regum,
dignum est, ut de vassis loquamur. Arduini scilicet infelicem prolem satagimus dicere. Antiquorum igitur sermo narrat, quia fuerunt duo fratres,
Rogerius et Arduinus, et unus eorum cliens no-

5

mine Alineus. Hii ergo prodigi et exuti omnibus
rebus, ad Italiam veniunt de sterilibus montibus.
Subeunt colla nobilibus; divites in proximo existunt.
Ipsi vero sibimet spondunt, si quis eorum alcior
insurgeret, ceteri adiutores et servitores essent illius numinis. O scelus! Dei inprovisa sunt iudicia,
et homines ante spondunt honores quam adquirant;
sed cupida mens aliquando quod optat, in conse-
quenti tempore occupat. Dum ita sermocinarentur,
Rogerius, avidus mortali honore, eripit Aureatem
comitatum. Tunc quidam comes erat, cui potestas
concessa erat illius comitatus, Rodulfus nomine.
Aliter sollers Arduinus non valens tenere comitatum
illum, manibus vi nexis militem fit Rodulfi. Ipse
denique Rodulfus, iam fessus longa senectute, Rogerium ad se vocat semotis cunctis: *Vides me;
creber in malis curias regales iam lustrare non suf-
ficio; mitto te ad eum, ut consideres quae facienda
sunt.* Ille autem non surdus auditor, mox complet
dictum iubentis domini, et celeri cursu ad Papiam
venit civitatem. Rex namque illic manebat. Ubi
autem venit ad regem, salutat eum dulcibus verbis.
Condescendente ei rege, gratiam spopondit habere
largissimam, si obsequium illius frequentaret inno-
cue. Qui moratus aliquantulum cum rege, post
non multos dies ad seniorem suum revertitur. Vidensque senior, quod prudenter egisset, vicinius
ad se eum clamans, inquit: *Post mortem quippe
meam senior totius terrae eris, quam cognosco me
pridem habuisse!* et iterum eum ornans diversis
monilibus, ad regem mittit. Qui adquirit comitatum illius, et rex illi donat interveniente regina;
et ipse comes interim mortuus, uxorem illius Rogerius accepit, et sic arripit potestatem illius terrae.
De qua genuit filios duos, vocans uni nomen suum,
alteri nomen fratris, Rogerium et Arduinum. Hic
enim Maginfredum genuit.

9. Interea reminiscens parentum meorum infra persecutionem barbarorum interim nominatis, qualiter circumventi sunt commendo stilo, et etiam memoriae nequeat latere posteris. Quidam miles fuit meus patruelis; qui exiens ex finibus Carricianae, Vercellis properabat ad urbem. Audierat namque adventum barbarorum, sed distulit credere, quia tunc procul aberant a finibus nostris. Dum iret igitur per nemus quoddam in iure ipsius civitatis, subito insiliunt in eum infinitae multitudines Sarracenorum — venerant iam in finibus Liguriae — qui protinus confligunt, et sautiantur ex utraque parte. Non valentes vero pauci contra tam magnam multitudinem, dilituunt; quidam eorum vivi detinentur. Tunc captus est patruelis meus cum uno suo vernabulo; enimvero pessumdantur cum tauris herum et vernulam. Dum haec agerentur, forte accidit, ut frater illius, scilicet avus meus, ad curiam properaret episcopi. Videt vernulam fratris vinctum cum tauro; ilico exhorruit, cur ei evenisset causam interrogat. Respondisse vero fertur, illuc cum venisset ab exploratoribus captus est; maliciose celans interceptionem sui heri, ob gratiam sui liberandi. Ipse autem profecto dedit tauracem trilicem, qua erat indutus, et servum fratris liberat a vinculis. Post ereptionem suam nequam pandit, seniorem esse captum, ut Terentius ait: *Omnes melius malunt sibi esse quam alteri.* Frater autem valde condolens fratre capto, stipendium non habens redimendi, ad episcopum properat civitatis nomine Ingo, qui erat suus compater, ut daret illi aliquod aminiculum. Sed non habens quod proficere posset, monetis consideravit cuncta sua penetralia, si inveniret quod sumeret. Sed non repperiens in illis facultatibus, vicinos et amicos requirit, et queque habere potuit, pro redibitione dat fratris; et sic eum liberat a funere mortis.

5*

10. At nos regium captantes nomen, facili sermone eorum facta comprehendimus. Mortuo quippe
Lothario, uxor eius Adheleida a Berengario capitur,
et in Papia civitate in quodam coenaculo vi oppri-
mitur, et diversis coangustatur calamitatibus. Sed
Deus inspector omnium, nihil constituens sine re-
medio, qui semper est misericors humilium, reginam otius liberat. Naɪn quaedam eius tyruncula,
Christi premonita dextera, dominam propriis manibus liberat. Hec subter limina ostiorum terram
cavat manibus, quondam iatum faciens, se et dominam clam liberat. Quae inde evadentes, collo-
cant sese in humectis locis, ut sic fugere valerent.
Factum est autem, ut quidam clericus, nomine Wa-
rinus, auceps illic tenderet passus; vidensque reginam, fixit se capi ab eius amore, et requirit scelus
nefarium. At regina nobilissima stuprum abnegat;
ille minacibus verbis eam minitat, quia proderet
eam regi.   Dum angustatur undique, ammonet ut
abutatur pedisseque, ne fedaret reginam. Modestus
namque clericus verba rennuens ficta, renuit inania;
post non multum tempus presul efficitur Modonensis,
conferente sibi eadem regina.   Regina, ut supra
retulimus, coangustatur diversis calamitatibus, et
auxilium petit ab Attone, avus qui fuit Bonefacii.
Qui audiens legationem, equos producit, reginam
aufert in Canusino castro.

11. Sed rex Berengarius audit reginaɪn morari
in Canusino castro; hostiliter movit a Papia, ve-
niensque ad castrum, passim obsidit.   Inter haec
inimicus humani generis Attonem alloquitur: *Si
meus efficieris homo, multa copia tibi subministrabun-
tur.* Atto vero audiens hec, respondit, se esse
facturum ut oporteret; interrogat, qualiter hoc agere
potuisset? Diabolus respondit: *Adveniente sabbato
venerit alius ad custodienda moenia.   Tu vero non
abibis, sed rogato eum, ut tribuat tibi assensum mo-*

randi, quamdiu vehicula quibus sustenteris venerint.
Quod ita factum est. Veniens vero coevus eius,
dum audit talia petulantia, regressus est. Mortuus
est in eadem ebdomada episcopus Regensis; Atto
vi obtinet castrum; fuerat illius episcopi. Modo ad
cepta redeamus. Regina vero dum obsideretur a
Berengario et ab Arduino Glabrione, consilium
quaerit, quomodo evadere posset. Defecerat ei
iam panem et vinum; sed Deus auxiliator eius illi
donat amminiculum. Arduinus namque loquitur ad
regem, ut fari permitteret eum cum Attone; qui an-
nuit peticioni eius, iubet ut loquatur. Adgreditur
Arduinus eum, interrogatque: *Quot modia sunt vobis tritici?* Respondit: *Non sunt nobis amplius preter quinque modia gale et sitria sextaria tritici.*
„Adquiesce, monet, *meis consiliis, et accipe aper, et
vescere eum tritico, emittesque eum foris, et ego illum
requiram regi. Ut vero viderit, vehementer obstu-
pescet, et sic prevalere poteris.“* Hoc ideo fecit
Ardoinus, ob id quia Atto socer erat filii sui.
Facto videlicet mane, suadela fit Arduini; exit aper
a moeniis castri, Arduinus illum occupat, occiditur,
et exenterato eo plenus venter repperitur tritico.
Exercitus videlicet ammirans fatetur frustra se la-
borare; relinquunt obsidionem, Papiam revertun-
tur. Mansit quippe regina in eodem castro pene
tribus annis.

12. Hoc tempore Otto dux Baioariorum venit in
Italia, fungens legationem Langobardorum, vindicat sibi regnum Italicum per interpellationem ac-
colarum. Qui accepit Adheleidam in coniugio, Deo
prosperante perpetim eam habuit uxorem. Berengarius autem rex fugit in castellum sancti Iulii,
quod est circumseptus lacu, et ibi obsessus ab
Attone est et captus, et effosis eius oculis sic relictus est. Denique Atto remuneratur ab Ottone,
quia fidelis et servitor esset uxoris suae, et tra-

didit omne ius terrae illius. Nec mora, Lividus, qui et Behemoth, iterum reciprocat letiferam sententiam. *En*, dixit Attoni, *omnia sicut promisi feci, modo imple promissionem tuam!* „*Faciam ut dixi, ut oportet. Precipit nobis apostolus omnia agi in nomine Domini, et in illius nomine volo agere.*" *Non ita*, inquit, *promisisti*. Atto autem consignans se signo crucis, diabolus velut fumus evanuit.

13. Adhuc de abbatibus Bremensium, Deo auxiliante, loqui optamus. Seriem Romaldi et vitam, queque repperimus dicemus. Fuit autem vir timoratus et totus plenus Deo, ut clara eius fama postmodum edocuit. Fuit quippe tam corpore quam sanctitate procerus. Nam ex eius tumba odor manat suavissimus, quem Deo adiuvante proprio anhelitu traxi, et inde totus repletus, velut quis saciatus cibis corporalibus. Dignum videlicet est, ut caro mortua reddat odorem, quae viva redolevit pene circulum Italiae.

14. Antequam caperetur predictus rex Berengarius ab Attone, dedit praeceptum hominibus morantibus in finibus Laumellinae in villa Folingi, ut caperent lupos, qui vehementer infestabant terram illam propter densitates opacum vel nemora silvarum. Hii vero parentes preceptum regis, occidunt plurimos, et ad curias regias properant. Rex vero videns exercicium illorum, letatus est, quia ante magnum exicium paciebantur euntes et redeuntes ab eo.

15. Temporibus his duo magni fuerunt fratres in Bremito oppido, divites et nimium locupletati. Hii ergo dirum servicium assueti ponere cervicibus horum hominum, in lateribus et in quibuscumque honeribus. Relinquentes igitur illud servicium post precepta regalia, regique soli colla submittunt. Ipsi vero tumefacti auferunt hos, et puniunt dire; quibusdam oculos evellunt, quibusdam manus et

pedes incidunt, nonnullis squaloribus carcerum
dampnant. Conquestio illorum ad aulas pervenit
regis; qui vehementer commotus, minitavit illis,
iam ultra non essent possessuri terram illam.

16. Hos denique timor invasit inmanis; et ti-
mentes minas illius, a proprio limite subtrahunt
pedes. Fugientibusque illis, quidam illustris marchio nomine Albertus hos insequitur, et dedit pec-
cunia et emit locum illum mediatim; altera vero
pars Aimo sibi vindicat. His respectus divino mo-
deramine sancto Petro contulit; eo quod non haberet heredes, sanctum sibi Petrum fecit heredem.

17. Monachi denique Novaliciensium, videntes
locum aptum et amoenum et fructiferum omnibus
quae mandi possunt, tam in leguminibus quam
in piscibus, sibi illum expetunt in caput, et ob
id quod popularis esset et undique septus aquarum
copiis. Qui magnum spectaculum prestat omnibus
usque in presentem diem; excellentior vero est
cunctis oppidis constructi in comitatu Lomellensi,
et medius cunctis civitatibus, et vicinus regalibus
sedibus, et pro afflictione barbarorum. Nunc autem
ad persecutionem paganorum vertamus stilum.

18. Pietas videlicet divina quae non sinit nos
temptare supra id quod possumus, sed facit quoque cum temptatione proventum, ut possimus sustinere. Eodem tempore, quo fusci morabantur in
castro Frascenedello, et undique diffluentes per cli-
mata mundi tollunt et predantur omnia, quidam
eorum fuit nomine Aimo, coetaneus illorum. Hic
cum his exit devastare terram illam, et rapiunt
aurum et equas et bubulas diversaque monilia,
puellasque et parvulos. Factum est, ut sortiaren-
tur queque captaverant, et mulier quaedam pulchra
nimis sortitur in portione Aimonis. Ex ea autem
altercatio fit inter utrosque; venit quidam potentior
illo, subtrait illi; ipse autem tumefactus mansit

extra illos. Volens vero Deus liberare populum,
fixit illi in corde, quatenus proderet locum illum
et homines morantes in eo. Vadit quippe ad co-
mitem Robaldum Provinciae finibus, et adiurat eum,
ut nemini prodat secretum quod cupiebat illi fari,
nec etiam propriae uxori. Ipse autem testatur
nemini prodere. Ille ait: *Ecce trado vobis inimicos vestros perpetratores nequiciae.* Qui gavisus est
valde, et spopondit ei tribuere omnia, si hoc opus
exercuisset. Mandat idcirco omnibus Arduinoque,
ut adiuvent eum in quodam negocium. Omnes denique occurrunt hostiliter ei. Litigantes vero inter
se homines, nescii quo tenderent, at ipse hortatur
illos, ut sequantur illum. Dum itaque venirent
ad castrum, ortans Robaldus ait: *Ó fratres, pugnate
pro animabus vestris, quia in terra estis Saracenorum!* Illi vero fortes adhelete dimicant et depo-
pulantur locum illum. Haec ultio dolo Aymonis facta
est, cuius genus nostris adhuc manet temporibus.

19. In his ergo temporibus, cum vallis Segusina inermem et inhabitatam permaneret, Ardoinus
vir potens eripit illam et nobis tulit. Tantum igitur erat plenus viciis quantum et diviciis, superbia
tumidus, carnis suae voluptatibus subditus, in ad-
quirendis rebus alienis avariciae facibus successus.

20. Mortuo denique Belegrimmo, per biennium
Iohannes prepositus prefuit abbatiae, largiente sibi
Arduino. Qui nequaquam consecrationem meruit,
sed amminiculante Deo amoto hoc, strenuissimus
et humillimus Gezo abbaciam suscepit.

21. Denique rudibus ac posteribus fratribus in-
sinuare cupimus, quid a Lothario regulo iam
praenominato actum sit, malumus patefacere quam
abdere. Tametsi in quodam capitulo aliqua de eo
carpsimus, tamen reliquimus aliqua, quae non
sunt omittenda. Extitit quidam marchio illius temporibus, cuius memoriam sepissime fecimus, no-

mine Arduinus Glabrio; qui recte coequari lupis
potest, violenter auferens aliena, et dispersor alie-
narum opum. Is privata lex sibi expetit abbatiae
Bremensis. Quod ubi illi obtulit regulus, dignam
a Deo solvit vindictam: revolutis aliquot diebus
vitam amisit mortemque invenit.

22. Post haec nutu disponente divino Otto fun-
gebatur regnum Italiae. Tunc abbas Gezo con-
questus est vir Deo plenus regi mala passa dudum
abbatiae. Rex vero adquiescens eius peticionibus,
preceptum illud nefandum medio duci precepit, et
in conspectu omnium Quiritum eius urere; Gezoni
contulit aliud, quod usque manet in armariolo nostro.

23. Paulo post quidam palatinus comes nomine
Samson, ut aiunt multi qui nostris temporibus supersunt, illusus a propria coniuge, nostrum petiit
dogma, et ad sacra sancti Petri limina adtonsus,
factus est monachus in loco Bremedo, ubi sarci-
nula posuit carnis. Hic autem tantas opes beato
Petro obtulit, ut egestas prisca repararetur. Nam
adtenuata loca nostra ad tantam inopiam devene-
rant, ut carerent victualibus cibis. Contulit vero
aurum, argentum, equas et bubulas, et domus Dei
in proprio loco reparatur. Quin vero curiam detulit unam, qua servatur mos regius, nomine Can-
nobius. Est enim sita penes rupes, habilis et nimis rutilus locus, et undique septus aquarum mea-
tibus, piscium fertilitas multa. Ante cuius os sta-
gnum mire magnitudinis habetur; quadraginta namque milibus in longum extenditur et quinque in la-
tum; fervet enim flatibus ventum aliquando, ut
nemo audet ingredi; ubi quisquis obierit, visus ultra non erit. Inde Ticinus fluvius proprios trait
fluctus, ingrediens et egrediens in eo. Mos vero
servorum illorum miratur ab omnibus; talis adhuc
perseverat. Sunt omnes nuper vocati aulici, quorum nomen et exercitium perseverat; nam sunt qui

deferunt ligna a nemoribus, aliudque negotium non
vacant; sunt qui larem faciunt minimeque aliud
operantur; quod si forte scintillula prodierit et
aliqua stramenta incenderit, ex propriis facultatibus repparant dampnum; sunt qui faculas terunt,
aliis operibus non exercent. Hic secundus Otto
defungitur, et tertius eligitur.

24. Duo magni comites fuerunt, qui hisdem
temporibus vestigia sancti Benedicti arripiunt; quorum nomina ideo a nostris cordibus pulsa non sunt,
ut cognoscatur, quantam dilectionem circa illos habemus. Rogerius vocatus est unus, alter dictus
est Obertus, illustres secundum sanguinem, sed il-
lustriores secundum stegmata divina. Mox ut illud
divinum sumunt negotium, dicionis sacre subeunt
colla, et exercent humilitatem, quae regina est
omnium virtutum, et omnis virtus egra iacet, quem
humilitas non firmat; alunt denique sues, conglo-
merantque holera infusa residuum farinae, et ciunt
eos ad esum. Prestantius illis operibus dicere
quimus quae operati sunt; sed modeste ista ex-
arati sumus, ut cognoscant reliqui in parvo omnia
redigisse. Verum tempus deficiet, si ea quae ad
nutum devenere nostrum, scribere curaverimus.

25. In tempesta igitur temporis huius condolens
abbas Gezo loci Bremiti, quod Novelucis monasterium dirutum et pene incognitum iam lateret, misit
quendam monachum, qui mansit recuperator et auctor in quantum licuit. Sirmata cuius secutus sum,
quem multi noverunt propinquum mihi fuisse. Qui
veniens, domus Dei plene lucis invenit; sed dum
incederentur, longe abibant. Moenia vero ecclesiarum minime confringebantur, quasi forent raciona-
bilia, ut quippiam eis indiceret, ne nocerent septis.
Sed quoniam relatio horum monachorum a nobis
reserata est, ad monachum Bruningum, sacro ex
stemate virum, portio conlaudanda descendit. Qui

cum foret sapientissimus et vafer et scius tantum
operis divini quantum secularisque, iussum est ei
abbatis iussionem, ut adiret locum ad hunc et
strueret absidam sancti Andreae, quae tunc parva
habebatur. Quamquam foret extima, adiutus divino aminiculo iam redintegratur, ut foret prestan-
tior cunctis. Hoc non ad favorem nostrorum fati
sumus, sed conspiculatio hominum ostendit, minime
nos falli; quae quisque nobis facile poterit investi-
gare tenorem huius sermonis, si convenientia aspe-
xerit. Nam septa nobilibus hominibus in capite
civitatis, magnum spectaculum confert omnibus.
Tale opus egit Bruningus, excellentissimus vir et
admodum castus sobriusque, et monasterium Novelucis sepissime considerabat, et opum instrumenta
largitus, ut reaedificaretur.

26. Ad actum clarissimi viri Uberti prepositi
Bremensis vertatur stilus. Memoria huius viri magna
est apud Deum, et apud homines enucleatius tra-
ctanda est. Ut series cana narrat, vir sanctus iste
sanctus et modestus fuit, in tantum ut potestas sit
ei tradita demones eliminare. Quadraginta videlicet anni extiterant, quod nunquam in latus dextrum sua membra reclinavit. Post cantum pullo-
rum in lecto nunquam dormivit, sed in absidam
intrans Deo plaudebat cantica vatum. Volens autem Deus requiescere tantum virum ab opere gravi
— grave dico propter sarcinam carnis, sed leve
valde per amorem Spiritus sancti, quia omnia pos-
sibilia sunt credentibus — longe antequam more-
retur, ei Dominus per visum affatur, quia meati
paucis diebus in gaudia sanctorum ab angelis sus-
ciperetur. Et adeo caro eius in tantum afflicta
est, ut post mortem sic herebat cutis ossibus, ut
prorsus pulpa abesse videretur; aperte demonstrans,
cuius meriti fuerit.

27. Hunc vero secutus est alter, minime impar,

tam sedulus in oratione quam in lectione, memo-
rator exempli apostolici: *Vir non refrenans linguam
suam, vana eius religio est.* Ut aiunt illi, illo qui
aderant, iam verbis fluentibus ab altero in alterum, quod quadam nocte, dum matutinalibus offi-
ciis necessaria peteret humane exiret, margo toge
illius a catellulis duobus tenetur, qui nitebantur ad-
trahere eum in terra tenus aut taciturnitatem cor-
rumpere. Sed mens locata in firma petra, facilius
potuit occidi quam superari. Cum sic laborarent,
ventum est ad domum, in qua signum trepidan-
dum habebatur. Fugantur demones a victrici signo,
qui videbantur esse catelli, et ad punitatem rever-
tuntur suam, agendo: *Heu heu! superati a monacho, vincere dum optavimus, victi sumus.*

28. Eodem tempore fuit vir idoneus et sapiens,
nomine Wido, clericus extemate Oberti comitis,
cuius superius memoriam fecimus. His ex prediis
suis contulit sancto Petro munera, fere quod suffi-
cere posset ad monachorum victus duodecim centum.
Post haec vero concupivit videre locum Bremiti;
ivit ad baptistam suam Gezonem abbatem, in quo
tantum delectatus est, ut adiceret duo castra,
Verdunum scilicet et Rodum. Consequentia quippe
haec ab omnibus amplexetur.

29. Et factum est his temporibus, ut quidam
marchio nomine Oddo, afflatus alto flamine, ex
propriis stipendiis loca auxit nostra. Ipsemet igitur Oddo circumvolans sacra vestigia apostolorum,
reliquit sua in terris, ut glorificaretur in coelis. In-
terpretare enim possumus nomen cuius auctorem,
quia auctor fuit habitacula vatum. Qui, Petre,
tradidit tibi Pollentiam, locum dignum, memor
esto doni clarissimi, contradere coelica dona ipsi,
qui tribuit terrea. Tibi ibi modulatur rithmica
laudum; moenia cuius loci emicat clare patule, quo
pareat, quantivis precii fuerit; qua latices tot rep-

periuntur, quot non inveniuntur loco in ullo. Praeter quos est ibi latex quidam, olim vocatus Im-
pius, ubi inter fluctus conspicantur caeruleas sili-
ces, veluti madefactum sanguinem; quo in loco
multi referunt cesa fuisse sanctorum corpora. Tradunt multi, quia fuit civitas prisco in tempore; et
ut vere credatur, exemplum hystoriae Romanae in
medio proferimus. Dicit enim: *De malis apud Pollentiam gestis satagimus dicere aliquantisper.* Quidam autem rex, nomine Attila Flagellum Dei, ob-
sedit eam multis annis; ad ultimum cepit eam et
misit maceries eius usque in terram.

30. Non ideo propagavimus sermones, ut digna
facta domni Gezonis conemur obmittere, cuius temporibus haec adquisita sunt. Idcirco intrinsecus
haec posuimus, ut illatio haec demonstret, quam
mordaciter eius facta tenemus. Virtutis insignia
ipsius tale ostentamen primas ostendit. In bivio
hoc secus muros civitatis, in angulo ecclesiae sancti
Andreae, occurrit ei quidam circumdatus ferro in
femure et in brachiis. Quem ut beatus vidit Gezo,
miserans illi propensius oransque, ut erat benigno
afflatu, lacrimans et orationibus instans, manus
hominis in suas palmas inflectit. Sic ab eo pepulit
ferri circula; cruor exit passim, et membra viri
solidantur in pristinum statum. Iam vero caro de-
texerat ferrum illud, et cutis supercrescens inte-
rius puttebat.

31. Item preclarum eius miraculum narratur.
Forte accidit, ut aliquando adventaret ad vicum,
cuius nomen est Supunicus, causa hospitandi; erat
enim de rebus ipsius ecclesiae. Ubi non post multum Wido marchio venit fremens, ut leo; quem
iure possumus coequare leoni, et inpenitens the-
saurizabat sibi iram in die irae. Ubi dum veniret,
audivit domnum Gezonem ibi adesse; non formi-
davit quin a propriis vernulis expellere fecisset.

Sed vir timoratus non solum non fugit, verum
etiam locum dedit irae et distulit pedes statu ab
illo, et in domum aliam preparat sibi refectionem,
parvoque intervallo meditat in orationem, venter
eius herendo in terram. Ibi dum protelaret orationem, per visum illi patefactum est, Wido non
diu mansurus in hac fragili vita. Quidam sacerdos
longe manens in somnis vidit, sese tendere gressum in lucum qui est iuxta Padum in loco Fadoae;
et ibi in visione vidit duos demones furentes, a
quorum estu videbantur rami et folia arborum
urere, gestantes enses flamiferos in manibus. Qui
dum graderentur, retrorsum aspiciunt sanctum Petrum Paulumque venire, cedentesque locum, ex via
secedunt. Ubi veniunt ad locum, interrogant, quid
rei esset ut sic trepidarent? Illi inquiunt: *Vos igno-
ratis?* Sanctus vero Petrus auferens eis pugiones,
virgas eis tribuit et inquit: *Ite et Widonem punite
virgis, non ensibus.* Euntes vero illi percusserunt
Widonem sedentem in convivio; qui extemplo amens
effectus, caruit sensibus hominum, et improbus
talem luit vindictam, ut absque munimine corporis
et sanguinis Domini obiret.

32. Fuit hisdem temporibus quidam monachus,
nihil discrepans ab illis, quibus memoriam superius fecimus. Hic observabat limina sanctarum
ecclesiarum, ut post matutinalem officium ad strata
numquam rediret. In tempore igitur sanctae qua-
dragesimae consueto more ante aram sancti Walerici orabat; forte accidit, ut somno caperetur. Hoc
actum est in festivitate sancti Benedicti. Factum
est dum obdormiret, vidit per visionem quendam
togam albam indutum desuper contextam auro,
gestantem in manum turribulum aureum plenum
odorifero thimiate. Qui cum venisset ad aram, a
quatuor partibus odoratus est eam. Porrigens autem illud, inquiens ei: *Vade, nuntia fratribus euge*

nostri ex parte. · *Scito me esse Benedictum patrem,
hodieque lustrasse cuncta coenobia; in nullo tamen
sic obsecutus sum ut in isto.* Ita inquiens, et evanuit ab oculis eius. Liquet hoc a catholicis viris
demonstratum; et nulli sit ambiguum, quin in suis
festivitatibus et in aliis diebus sancti suas visitent
aedes. Sanctus quippe Gregorius in libro dialogi
scribit; *Quadam nocte venit sanctus Petrus in absidam nomine suo constructam; quendam custodem
alloquitur ,,O conliberte, cur tam ocius surrexisti?"
reficiebat namque lampadas. Qui extemplo solutis
omnibus membris, ad stratum .devehitur.* Haec
quamobrem evenerit, scire quis cupit, propensius
repperire potuerit, si illum librum legerit.

33. Referam autem, quid contigit Leoni Ver-
cellensis episcopo. Quod quodam tempore, dum
usurpare vellet hanc abbatiam simul cum episcopio
sanctae Mariae Eporediensis ecclesiae, quadam
nocte venit beatissima ac gloriosissima Dei geni-
trix, quasi consparsis crinibus et dissolutis atque
lacrimosis oculis, ducens secum beatissimum patronum nostrum Petrum. Ipsa vero precedens,ut
domina, venit ad lectum predicti episcopi; ad quem
cum venisset ait: *Dormis, episcope?* Ad quam ille
pavidus respondit: *Quis es?* et illa: *Sum Maria ge-
nitrix Dei ac Salvatoris humani generis.* Cui ille:
Quid ad me venisti, preclara domina? et illa: *Cave,
ne ultra ecclesiam meam Epporediensem atque ecclesiam Bremetensem sancti Petri apostolorum principis
querere audeas, si mortem pessimam non vis ocius
incurrere. Ad hoc enim venimus, ne tale scelus fieret per te.* Quicum talia dixisset, recessit. Ipse
vero non solum prefatas queritare cessavit ecclesias, sed etiam plena voce hanc visionem sibi ap-
paruisse sepissime confessus est.

34. In illis diebus, dum Gezo abbas adveniret
in Albam civitatem, quidam episcopus nomine Ful-

cardus contulit ei duo magna pignora, scilicet sanctorum Frontiniani et Silvestri. Receptis autem
pignoribus, dum ad Tanagrum fluvium advenisset,
aqua divisit se in duas partes, et domnus Gezo
transivit per siccum in medio eius. Ideo hec in-
rationabilis creatura egit, ut patefaceret, quibus
. meritis apud Deum obtinent sancti, ut nec vector
umidam faceret reliquias vestimenti. Is Fulcar-
dus comiter nostrum dilexit locum, quia monachus fuit.

35. Eodem tempore, dum sollempnitas sanctorum Philippi et Iacobi celebraretur, evenit in memoriam, ut ipsa die in honorem sanctorum Aci et
Acciole sollempnia missarum celebrarentur. Ignorabatur, quando vel quo tempore sollempnitas horum sanctorum celebrari debuisset. Itaque dum
peracta memoria illorum esset, omnes lucerne more
congruo extincte sunt; mansionarius vero putans
se esse illusum, extincxit iterum. Dum a mensa
surgeret, ecce iterum invenit omnes accensas.
Ilico obstupuit. Patefactum est, ut ipsa die fe-
stivitas horum sanctorum celebrari debuisset, quod
per eos Dominus tam mira fieri voluit. Unde factum est, ut per singulos annos in eodem die missa
celebretur ad altare nomine illorum dedicatum. Hii
vero digni Deo martyres apud prefatum locum tumbam possident.

36. Eodem quoque tempore evenit, ut quidam
homo pateretur ulcus in nare per longum tempus.
Quippe percussus sagitta, hastile prodit, ebiden-
tale ipsius intrinsecus remansit. Hic autem homo
ad sacra beati Walerici venit pignora in celebri-
tate illius. Qui dum venisset ante aram illius,
pre nimio dolore obdormivit. Quod dum fieret,
protectus adiutorio pii confessoris ab nare exiit
sagitta, et sic liberatus est a proprio dolore. Inde

gaudens, quandiu advixit nomen pii abbatis ab
eius ore non defuit.

37. Guntramni furitas ideo narratur, ut discant
potentes, quanto magis sevierint, tanto magis cru-
ciabuntur. Oderat hic infelix nostra loca, et monachos et laicos sepe turpiabat. Accidit, ut quadam die a domno Gezone vocaretur, quo veniret
et pranderet ad monasterium et faveret aliquod negotium excuciendae rei. Ipse vero superbia tumidus, non respuit, sed venit more ferino. Erat quoddam cenaculum ante seras ecclesiae; ibi, dum esset
satur, somno prereptus est. Dum igitur dormiret,
ante lectum eius adstitit sacerdos quidam, in manibus habens bipennem; qui bis eum percussit ex
eo clam, tercio vero dure a tergo capitis; et talem miser vindictam luit. Expergefactus aspexit
et cit servos, ut eum vindicent ab illatore mortis.
Qui venientes, illuc atque illuc aspicientes neminem viderunt; ipse vero eger aspexit viditque illum
introeuntem per rimulam hostiorum in absidam.
Cognovit ilico miser mala quae egerat, et quis
esset qui eum interemiset. Enimvero die tercio
funditus vitam amisit.

38. Ipsemet domnus Gezo, quem supra nominavimus, plenus dierum iam convalescerat bona
etate, prenimiaque senectute peciit sibi adiutorem
et protectorem monachum fidelem nomine Gothe-
fredum, et adeo mansuetus, ut mansuetior illo
invenire non quiret. Tantum iste vir timidus fuit
et mansuetus, ut diceres, quod nec prospera nec
adversa eum conturbare quirent; paciencia vero
gratia ita plenus fuit, ut nunquam irasci videretur.

39. Contigit hoc, quod narrare volumus, in sol-
lempnitate clari apostoli Petri, quae maxima habetur in cunctis nostris monasteriis. Casu accidit,
ut quidam monachus superbia diaboli tumidus non
timuit, quin extenderet manum suam et virum per

6

omnia dignum feriret. At ille non solum pacifice
pertulit, verum etiam aliam faciem cessit, non im-
memor precepti Domini: *Qui te percusserit in unam
maxillam, prebe ei et aliam.* Mox vero ille punitus,
luit culpam in penam tumoris; extemplo vero tu-
mefactum brachium illius liberari non potuit, quo-
adusque ipse domnus Gotefredus non celebravit
sacrificium pro eo.

40. Post haec igitur quidam adolescens erat in
finibus Pollentiae, nomine Stabilis, tante simplici-
tatis, ut ignoraret, quae esset forma segetum et
pecudum. Attamen Deum timebat studiosius, ut
mors ipsius postea edocuit. Mortuus vero ut fuit,
more consueto lotus est et in feretro locatus est.
Erat illo igitur tempore Albericus episcopus Cu-
mensis in eodem loco. In tempesta igitur noctis
a cacumine coeli usque ad feretrum visum est
descendisse columpnam ignis. Qui Albericus videns miratus est, et cum suis cleris pro obsequio
illius cadaveri turribula et luminaria fert, et ipse
frequenter eius pedes osculatus est, et vigiliarum
cantica celebravit.

41. Ipsoque vero tempore fur erat in loco Novalicio, qui violabat et ledebat queque poterat, et
sub antro quodam reponebat, et ibi ne caperetur
latebat. Haec agebat die tercio ante nativitatem
Christi. Is ergo exploratus est ab hominibus de-
gentibus in illo loco, captusque est et ad monasterium deductus et in custodiam missus. Nocte
igitur adveniente media nativitatis Christi, qua
enixam credimus Dei genitricem, solutus est a vinculis ignorante eo. Ipsemet mox cit custodes, et
prodit se esse solutum; omnes vero ammirati relinquunt illum absque ullo discrimine.

42. In eodem loco forte lupus veniens a super-
cilio montis, puerum captavit in predam, et ore
tulit in vallem quae vocatur Frigida, non procul

distans a monasterio. Dum vero ab eo duceretur,
mortuus est, sed minime comestus. Egit ergo
mirabile quoddam, quod tacere nolumus. Nam
mutata feritate bestia fit custos illius, qui paulo
ante fuerat interemptor, et demum sepultor. Detulit enim eum versa vice ad absidam sanctae Dei
genitricis ad crucem, et ibi eum sepelivit sub
quercu quadam. Cornices vero quae ibi cornicula-
bantur, videntes puerum non integre coopertus,
nitebantur comedere illud. Sed ille qui conclusit
os rabidum, conclusit et avidum rostrum. A cor-
nicatione harum mox citati genitores, cognoscunt
illorum fuisse filius, et rem gestam pandunt.

43. De armentario illius monasterii, qui liberatus est ab vire anguis, satagimus dicere. Hic
dum cerneret armenta bovum in monte Cinisio,
somno captus est; anguis quidam illic latens videns apertum eius os, introivit corpus. His cum
sensit dolorem propincum mortis, clamat et voci-
ferat; habebat unde exclamare posset. Hic hic
audire potes deificum opus. Dum volutaretur ante
aram sancti Petri, munitus est corpore et sanguine
Christi; evectus est domi; extemplo obdormivit.
Morari enim non potuit serpens in corpus, ubi
iam introiverat munimen divinum; dissidere non
valet creatura contra creatorem suum. Aperto igitur ore prodivit serpens lubricus; alius autem coevus eius viso, illum interfecit, et patefecit cunctis
mira quae potestas egit divina.

44. Notum est cunctis, quod monasterium Novelucis dirutum est a paganis, et usque ad terram exinanita sunt eius moenia. Moderno denique tempore condolentes monachi inibi degentes
dampnum illud, accersiunt episcopum Vigintimilii,
ut consecraret absidas dirutas, videlicet sancti Michaelis sanctaeque Dei genitricis Mariae, et sancti
Salvatoris sanctique Heldradi. Nocte ergo prece-

6*

dente quidam ex domesticis accubabat in quadam
domu; audit luctum mire magnitudinis demonum,
quasi esset caterva hominum, dicentes: *Heu heu!
ea loca quae usque modo possedimus, vim amitti-
mus ea, diu possessores, nunc expertes!* Quos in-
tellegimus esse demones absque ullo ambiguo. In
die sequente edes ille sacre consecrantur. Cor-
roboramus hoc gestum dictionibus sancti papae
Gregorii. Dicit enim in libris dialogorum, quia
quidam episcopus Andreas consecravit ecclesiam
quandam in honorem omnium sanctorum, audite-
que vero ibi sunt voces multiplices demoniorum.

45. Quadam die, cum vervicarius ipsius loci
aferret victum aliis, qui tunc Campo Merliti erant,
intravit in linterem cepitque remigare per fluvium
Duram. Diabolus autem antiquus homicida per-
didit hunc negando; suffocavit enim eum in gur-
gitem aquae. Nec minus probri fecit in die secundo: per neglegentiam cuidam fratri abstulit
memoriam, ut solummodo aquam ferret ad cele-
brandum missam. Insequenti nocte quidam frater
ibat ad aeclesiam sanctae Dei genitricis Mariae
ad radicem montis sitam; apparuit ei demon in
speciem scurrae, tenens duos littuos in manibus,
vestimentum cuius undique scissum marginibus
offatis. Ille interrogans, quis esset? respondit:
*Sum ille dudum, qui perdidi vervicarium negando
in aquam, et heri celebrare missam absque vino.*
Ita vero inquiens, et submersit se in aquam, ultra-
que visus non est. Factum est, dum rediret ille
frater, obviam habuit tres virgines sacras, intuitus
quorum nimis erat candidus, mediam vero horum
tante pulcritudinis et proceritatis, ut etiam non
quiret ille vultum ingerere in ea. Dixerunt autem
utreque ad monachum: *O monache, quo vadis?*
Respondit ille: *Ab ecclesia sanctae Dei genitricis
regredior.* „Recte, ait, facis, quia eius sacra limina

lustras. **En enim illa cotidie exorat pro peccatis omnium populorum.** Sic dixerunt, et ille somno solutus est.

46. Item contigit, ut eodem loco quem supra nominavimus, erat monachus placidus et humilis, apparuitque ei quidam in similitudine pastoris, gestantem in manibus ferulam, dicendo: *Vade, nuntia fratribus, ut sepe visitent has sacras edes; quia fuerunt septem Greci, preceptor quorum ego fui, et inibi tumulantur.* Sic ait, et statim evanuit ab oculis eius.

47. Fertur, quod quadam die mansionarius illius ecclesiae, more assueto dum extincxisset certa lumina et accendisset cereum unum vespertino in tempore, in crastinum cum surrexisset, ut sonueret matutinum, illud cereum minime reperit, sed candelam aliam in ceroferarium. Cepitque mirari, et interrogans suum adseclam, si hoccine egisset, respondit *Non.* Voluit quippe auferre eam hinc; sed recordatus, quod accidit cuidam custodi, ut narratur in libro miraculorum, quia dum tolleret candelam accensam positam ante altare, ex inproviso mox conversa in colubrem eius momordit digitum.

EXPLICIT LIBER QUINTUS.

1. *Carolus gratia Dei rex Francorum et Langobardorum ac patricius Romanorum, omnibus episcopis, abbatibus, ducibus, comitibus, domesticis, vicariis, centenariis, vel omnes missos nostros discurrentes, praesentibus et futuris. Hoc nobis ad stabilitatem regni nostri maxime credimus pertinere, si illa beneficia, quod antecessores nostri reges ad loca sanctorum concesserunt, per nostram auctoritatem confirmamus. Ideoque vir venerabilis Frodoinus abba clementiae regni nostri suggessit, eo quod incliti anteriores reges vel domnus et genitor noster bonae*

memoriae Pippinus quondam rex integram emunita-tem ad monasterium Novalicis in valle Sigosina, quod est in honore beatorum apostolorum Petri et An-draeae vel ceterorum sanctorum constructum, con-cesissent, ut nullus iudex publicus in rebus atque facultatibus eiusdem ecclesiae, ad causas audiendum vel freda exigendum nec mansiones aut paratas fa-ciendum neque fideiussores ad homines ingenuos aut servientes tollendum nec nullas redibutiones quae par-tibus fisci debebantur requirendum, inibi iudiciari potestas ingredere quoquo tempore non deberet. Unde et ipsas emunitates nobis in praesenti ostendidit re-legendas, per quas ipsum beneficium usque nunc tem-pore conservatum esse cognovimus; sed per firmita-tis studium petiit celsitudini nostrae, ut hoc circa ipso abbate eiusque post eum succedentibus confir-mare deberemus. Cuius peticionem noluimus dene-gare, sed ita in omnibus praestitisse et confirmasse cognoscite. Praecipientes enim ut sicut constat ab antecessoribus regibus vel domni genitoris nostri fuisse indultum, inspectas ipsas emunitates de omni-bus rebus et facultatibus ipsius ecclesiae infra regna Deo propicio nostra Franciae, Italiae, in quibuslibet pagis et territuriis sub emunitatis nomine cum omni-bus rebus concessis valeant possidere et dominare, et nulla requisitione nec ullum impedimentum a iudici-bus publicis tam nostro tempore quam et succeden-tium regum exinde habere non pertimescunt, sed ut diximus, sub integra emunitate absque introitu iudi-cium in Dei nomen resedeant. Et ut hec auctoritas firmior habeatur vel diuturnis temporibus conserve-tur, manu propria subter eam decrevimus roborare ac de anulo nostro iussimus sigillare. Signum Ka-roli gloriosissimi regis. Wigbaldus ad vicem re-cognovi. Et data decimo Kalendas Iunias anno 11ᵐᵒ *et* 5ᵗᵉ.

2. Anno ab incarnatione domini nostri Iesu

Christi 874, inditione 6, mense Iunio, feria 6, quinta
hora noctis, ostensum est signum in coelo. Apparuit enim stella commatis in signum arietis, fulgens quasi faculam, luxitque per dies 14. In
ipso vero anno domnus Ludovicus serenissimus
augustus obiit mense Augusto feria 6, et Karolus rex Francorum ingressus est in Italiam cum
multitudine magna, et obtinuit regnum anni 2. In
secundo vero anno quam ingressus est Italiam,
apparuit similiter mense Marcio stella commatis,
parte occidentali in signum Libre, et luxit per dies
15, sed non tam prefulgida, quam illa quae primitus apparuit. In ipso vero anno mortuus est Karolus imperator, et Karolusmannus rex Bagioario-
rum ingressus in Italiam cum infinita populi multitudine, et obtinuit regnum. In proximo vero apparuit alium signum in coelo mirabile, pridie Nonos
Ianuarii, cum esset coelum totum serenum, et iam
aurora crebresceret, et apparuit lux inmensa, ut
nobis visum est quasi duodecim momenta; et cum
fuisset intervallum quasi punctum unum, auditum
est tonitruum magnum in coelo, quod omnes qui
audierunt et viderunt tam inmensum lumen, exter-
riti sunt et pavefacti.

3. *Preclui apice apostolice dignitatis decenter pre-
dito, perspicuaque prosapia luculente ingenuitatis in-
effabiliter precluenti, atque vasto dogmate sophiae
rutilantis ac sempiternae sollerter instituto, domno
Iohanni venerabili pape insignique patrono totius ecclesiae christiane religionis ac vere fidei, necnon
auctori rectae credulitatis, quem Dominus post se
dignatus est sublimare in sacratissimo suggestu Petri
et Pauli principum apostolorum, et cui rite commisit
oves sacri gregis, Belegrimus humilis abbas cuncti-
que fratres cenobitalem vitam ducentes in coenobio
beatissimi Petri, prisco tempore structo fere alpes
Sigusiae civitatis, quae est confinis Italiae, in loco*

qui nuncupatur Novalicium, a quodam patricio no-
mine Abbone, tempore scilicet Theoderici regis, et
deinceps a Karulo imperatore cunctisque Romanorum
principibus, videlicet consulibus patriciis et senato-
ribus, quin etiam ab universis ordinariis Romane
ecclesiae, sacris litteris precepti et privilegii corrobo-
rato atque beatissimo Petro claviculario caelesti di-
cato; insuper, pro nefas! a dyra gente Sarraceno-
rum illo superveniente funditus dissipata, sed rursum
annuente gratia superni conditoris a quodam mar-
chione Adhelbertus nomine, pater Berengarii regis
qui dicebatur, feliciter restaurato in oppido quod
dicitur Bremidum, iugem eternae famulationis et
assiduae venerationis constantiam, continuamque in-
effabilium orationum seriem. O clementissime pastor
atque universae Eurupae rector, doctrina vere eccle-
siasticaeve sapientiae, intimamus vestrae sanctitati ac
clementiae nobilitatique ingenue, quod prescriptus mar-
chio, qui restruxit monasterium in supradicto oppido,
convocavit eó omnes monachos antiqui coenobii, qui
a supervenientibus Sarracenis erant dispersi in diver-
sis provinciis per alia monasteria, relinquens ibi non
exiguam partem sui praedii. Sed moderno tempore,
quod ille aliique sibi consimiles bonitate sancto con-
cesserunt loco, alter insanus et inmani amentia de-
tentus penitus abstraxit, nimirum marchio Arduinus,
rapax lupus, latens sub imagine candide ovis, in-
gensque destructor ecclesiae Christi, ferme predictum
destructum habet coenobium; nisi quod superest, mi-
sericordia Dei tuaque clementia ac summa pietas nos
famulos tuos respexerit. Namque ut accepimus ab
antiquis et venerabilibus eiusdem loci patribus, hoc
coenobium semper fuit subbditum defensionis pape
Romani. Quoniam quidem constructor et octor eius-
dem reliquid ipsum dicioni eterni regis et guberna-
culo clarissimi apostolici basilice cunctarum basilica-
rum excellentissimae, inexplicabiliter deprecans illum

*atque suppliciter postulans, quod pro dilectione summe
individueque Trinitatis, si aliquod infortunium casu
eveniret abbati ipsius loci cum monachis, prelibatus
papa, sicut pius et acer pastor defendit custoditque
afabre gregem suum a laceracione atrocium ferarum, ita conservaret illos ubique et salvaret, suc-
curreret eisdem ac subveniret ac a persecucione
pravorum hominum eos liberaret. Quapropter, sancti-
simę vates, conpetenter vestrae clemenciae benigni-
tatem requirimus, suppliciterque propriam ingenui-
tatem vestri id almatis flagitamus, ut pro summa
veneracione cunctitonantis genitoris, qui condolens
humanam propaginem esse dampnatam atque neci
subiectam probro corruptelaque protoplasmatis, tradidit unigenitam prolem morti, quatinus reduceret
famulum ad pristinum immortalitatis aeterneque
beatitudinis statum, dignemini nobis consulere, necne
faustę cunctis in necessitatibus subvenire nostris,
quoniam aut per vos veniet salus nobis post cosmi
conditorem, aut omnino dimittemus locum istum.
Siquidem tanta est feritas praenotati marchionis,
ut nemo nostrum permanere potest in eodem loco;
quia omnes cortes vicosque et cuncta oppida, de
quibus victus et vestitus nobis veniebat, totam-
que meliorem coenobii terram cum famulis eidem
pertinentibus abstulit nobis, servis tuis. Et nisi fuisset quidam vir praeclarus virtute, et inlustris pro-
pagine antiquae gentis, Samson nominę, qui prope
metam felicis vitae in pretitulato coenobio sumpsit
habitum sacre religionis, concedens huic loco non
minima portionem suae possessionis, minime habere-
mus unde spacium duorum mensium vivere quivisse-
mus. Denique quod nefas est dictu, dyrus marchio
gestiens totum monasterium in suam redigere servi-
tutem et in filiorum hereditatem, dicit se habere preceptum de eodem. Quod frivolum est et mendosum.
Namque scimus, quod Lotharius regulus filius Ugo-*

*nis regis, deceptus blandiciis fraudibusve sevi ducis
ac ingenti amentia detentus, nescientibus Italis principibus nobisque omnibus ignorantibus, pro dolor!
clam firmavit illud praeceptum, pro quo nobis san-
ctoque loco accidit omne malum. Post quod factum
divinitus ingenti plaga percussus, in ipsa ebdomada
obiit mortem. Quod praeceptum Otto piissimus imperator clementissimusque rector multarum provin-
tiarum, veniens ad Italiam, interventu domne Adhe-
leide uxoris suae gloriosissimae auguste, iamdicti Lotharii olim relictae vidue, coram cunctis principibus
suis, videlicet marchionibus episcopis commitibus et
abbates, igne cremari fecit. Post aliud nobis re-
scribere iussit, quod propria manu firmavit. Insuper
cominatus est scelerato duci, ne amplius intromitte-
ret se de prediis, cortibus, vicibus, oppidis, famulisque, naeque de aliquibus rebus ipsius cenobii pertinentibus. Quid plura? Almus imperator ad propriam suae nativitatis provintiam rediens, confestim
supranuncupatus marchio diris modis coepit affli-
gere abbatem universosque coenobitas septies, abstrahens omnes res quas imperator benignus reddere
monasterio fecerat, et multa insuper quae antea
non abstulerat, seviens quod ausi fuimus procla-
mare ante sanctum imperium de malis quae nobis
inferebat. Ad ultimum reddens nobis aliquam par-
ticulam, sed perexiguam, de prediis monasterii,
compulit abbatem promittere promissionem indignis-
simam, quod deinceps non proclamaret se ante aliquam imperatoris presentiam de tali facto. Quod
scelus credimus condolere Omnipotentem trinum et
simplicem, clavigerumque caelestem cum omnibus san-
ctis. Quin etiam cupimus esse divulgatum presentiae
vestrae maiestatis, quod aut per vestram benignita-
tem sanctus stabilis manebit locus et firmus, aut
prorsus ab ipso Arduyno erit destructus et a nobis
relictus; quod prohibeat rerum conditor! Idcirco as-*

siduis precibus minime desistimus fundere vota, ut
vestras mittatis sanctisimas elementorum notulas san-
ctisimo imperatori, quae resignent illi, qualiter res
gestae fuerint inter prescriptum marchionem et no-
strum patronum; quoniam adeo ad nihilum sumus
redacti, ut nemo nostrum neque palam audet inde
verbum dicere neque ad cortem ire, ob metum ini-
qui hostis. Insuper poscimus te, illum taliter sup-
plicare, ut si gratiam Dei cupit habere eternumque
imperium superni regis si gestit participare cum an-
gelis, reddet abbati ac monachis totam tellurem ad
ipsum coenobium pertinentem cum famulis ac rebus
ibidem attinentibus, ac dicet effero comiti, quod si
amplius intromiserit se de prediis ipsius monasterii,
in perpetuum minime ipsum habebit amicum nec do-
minum. Deinde supplices exoramus benivolam mu-
nificentiam vestrae ditionis, quatenus ex parte vestri
et per vestros legatos talem illi transmittatis comiti
anathemationem, quod si amplius contra voluntatem
coenobitarum tenuerit predia ipsius loci, condempna-
tus et anathematus permaneat in aeterno tartari igne.
Quod superest, manifestare ac promere gestimus
summae maiestati vestrae, o prepotens presul uni-
versae sanctitatis et facundie, quod semper expecta-
vimus, quó mundi plastes Dominus tribueret talem
patronum apostolicae ecclesiae, qui ritu antiquorum
patrum sanctam regeret ecclesiam, per quem salus
ac recuperatio nostrae egestati veniret caelitus. Quod
credimus fore concessum. Quandoquidem candida
fama pervenit ad nostras aures, nuncians nobis fa-
mulis tuis, quod nec munere placatus neque timore
perterritus usquam recesseris a veritate iuditii, quod
est sanctisimum omnium rerum. — Nec te latere vo-
lumus, sancte pater, quod quidam senex, sanctimo-
nialem habitum ab infantia gerens in ipso coenobio,
dum quadam nocte solito more intraret in eclesiam
causa orationis, repente insolitus sopor oppressit

eum. Qui, ut ipse refert, per visionem vidit quen-
dam virum candidis vestibus indutum, in leva manu
gerentem auream pugillarem, in dextera vero argen-
team crucem; de qua ter percutiens caput ipsius
senis a somno eum excitavit, precipiens illi, quo di-
ceret cunctis fratribus, implorarent auxilium a Ro-
mano patrono. Agnus Dei Christus, qui pro nostris
sceleribus in cruce fuit positus, vos conservet per
plurima seculorum curricula, amen.

4. . . . .

5. Post obitum domni Gotefredi abbatis, qui
timore et amore Dei plenus fuisse refertur, cuius
videlicet dominatum pacifice permansit temporibus
illis. Nam vocante eum Dominus de ac instabili
luce, Odilo quidam iuvenis Cluniacensis, nepos alterius Odilonis abbatis, abbatiam nostram ab imperatore Chuonrado Rome illi confertur ad regen-
dum. Qui iuvenis tunc rudis a claustralibus exiens
disciplinis, conspicit se tanti honoris sublimato cepit turbam militare sibi adherere, nonnullis prediis
terrarum, unde sumptus veniebat monachis, illis
vassis in beneficium tradidit; contra monachos vero
et maxime in maioribus inpudenter insurgens, ac
contra eos sedule vexans. Quid multa? dum pueri-
liter cuncta agitur, ac nimium iocis praeoccupa-
tur, curtemque domini sui imperatoris parvi pen-
dens, cogitans ne quis posset ei extymplo obsistere:
dat predictam abbatiam in beneficia cuidam Albe-
rico Chumano episcopo. Nam quidam sciolus nec-
dum presul ita scripsit:

> *Nam cum Heinricus moritur,*
> *Caesar et alter oritur,*
> *Tunc Bremetenses domino*
> *Deviduantur proprio.*

Et iterum:

> *At Chumanorum pontifex*

Chunrado multum serviens
Tantum aurum incanduit,
Promissio prevaluit.

Itemque:

Cucullata milicia
Orruit hanc maliciam;
Hi sunt columbe filii,
Et serpentes discipuli.
Nam ego regnum circui,
Et claustra multa fricui;
Sed nunquam vidi aliquos
Sic temperate callidos,
Ut Bremetenses monachos,
Ostili fraude anichos,
Spernentes iugum summere,
Quod regis datur munere.

6. Data itaque abbatia est, sicut supra retulimus; unde abbas cum monachis non modice doluerunt. Episcopus vero callide satis agens, protinus invadit abbatiam, ac famulos iurare sibi fidelitatem compulit. Et eis qui noluerunt metu suo, ab arva exierunt, relinquentes proprias domus. Prudentiores namque monachi suo conspectui aliquando noluerunt se presentare; nam omne thesaurum auferentes secum occultaverunt. Ipse igitur Taurinum veniens, egit arte callida cum marchione Maginfredo et fratre suo Adalrico presule, datoque multo precio, ut abbatem caperet. Quod et fecit. Qui palam omnino nequivit facere quod optabat — timebat enim cives ipsius civitatis — sed malum cetrinum ipsi dirigens, mandansque ut ad se veniret, et sic tradidit. In crastinum autem convenientes omnes cives in unum, voluerunt abbatem eripere vi; sed predictus marchio cum turba militare prevaluit, interdicens illis, ne quid offenderent. Episcopus vero secum abbatem sub custodia ducens, mancipavit illum mox in carcerem; ac non post

multum fidelitatem illi faciens de abbatia, dimisit eum.

7. In tempore quo messis tunditur, idem ipse Cumanus episcopus Bremito venit, invasitque duos monachos, ut mitteret in custodiam, qui magni tunc apud Deum et seculum habebantur. In nocte sequenti, dum cogitaret hoc nefas, sanctus Petrus ante stratum eius asistens inquid: *Alberice, quo pacto vivere potes, qui tanta mala iniecisti loco meo monachisque?* Ita agens et in inguine percussit eum. Qui statim cernens suam internitionem, cum redditur lux terre, proficiscitur. Tamen optavit ibi mori et sepeliri. Sed magno timore capti, hoc ne fiat rogant; enimvero si hoc ageretur, vivi a potestatibus terrae illius detinerentur. Ipsemet vero vectus in equibus semivivus abiit; mortuus denique est, antequam ad Cumanam perveniret urbem. Dum exueretur vestibus, saraballa eius stercoribus labefacta reperta sunt. Ipsi qui viderunt, testimonium prebuerunt, et adhuc supersunt, qui se vidisse confitentur. Nam ipse sepissime testabatur, quod a quodam clerico barba et capite cano, qui sibi in eodem cenobio aparuerat, percussus sit; quem omnino intelligimus beatum fuisse. Dignus quippe fuit tali morte, qui servos Dei et locum sanctum multis affecit calamitatibus.

8. Post mortem huius quidam Teutonicus episcopatum suscepit, nomine Litikerius. Hic contulit abbatiam domno Eldrado, reprobato Odilone. His Eldradus vir bonus fuit, plenus dierum, crescens in senectute bona. Demoravit abbatiam suam decem annos cum omni moderatione aequa pacéque condigna. Post circulum multorum annorum mortuus est, et sepultus in pace. Temporibus huius abbatis actum est miraculum quoddam, quod tacere nolumus. In ebdomada sancte pasce, dum cantarentur vespere, quidam homo venit surdus mu-

tusque et contractus, plenus demonibus. Qui ingrediens templum vociferabatur, nihil dicens nisi tantum vocem dans ad sydera. Post spatium unius hore concito gradu ad aram cucurrit sancti Petri, et amplexatus est eam; statimque erectus est, et vinculum linguae solutum est, et evomens cenulentum sanguinem, liberatus est per intercessionem sancti Petri a tot infirmitatibus. Hoc vero nostris oculis vidimus, et testes sumus huius rei.

9. Igitur notum facimus omnibus sanctae Dei ecclesiae fidelibus presentibus scilicet atque absentibus, de malo quod passum est monasterium Bremetense ab illo qui nuber abbas visus est, Oddo nomine. Nam hic in quodam prelio percussus, magis causa timoris quam Dei veneratione ad monasterium Bremetense pervenit, ibique se Deo et sancto Petro atque domno Gezoni abbati monachum vovit. Interim volventibus annorum curriculis, erat abbas illius loci senectute flebilis; volentibus cunctis fratribus necnon domno imperatore Heinrico se consentiente, abbatiam alteri dedit. Quidam frater monasterii deprecatus est abbatem, ut huic supra‧ dicto monacho Oddoni quendam obedientiam de Pollentia subtus eum daret; qui precibus eius adquievit. Illo namque tempore magna persecutio erat inter Ardoinum et Maginfredum. Quod sciens pre dictus monachus Oddo scilicet, abiit Ardoinum; postulatus est eum pecuniam dante atque pollicente, ut illum abbatem faceret de cella, unde prioratum habebat. Marchio autem dixit, se non posse facere, quia pater suus dederat Bremetensi monasterio. Tunc monos acephalus ait: *Si mihi dederis abbatiam et contra abbatem meum tenere feceris, cartas patris tibi reddam.* Tunc Ardoinus ita dixit ut fieret. Statim quippe Iude pedagogus furatus est cartas, reddidit Arduino. Nec mora, ipse marchio duxit secum Romam, obtulit maximam pecuniam

pape, et dedit ei consecrationem. Quo audito Bre-
metensis abbas grave pertulit; abiit ad domnum
papam, retulit per ordinem, quomodo contra Deum
et ordinem suum gesserat. Tunc domnus papa co-
gnita veritate, dato anathemate iussit, ut nec abbas fieret et in iussionem sui patronis rediret; de-
ditque licentiam, ut quicumque vellet adiuvare eum,
ex suo deposito liberam haberet facultatem et benedictionem. Nec mora, abbas perrexit ad Maginfredum, petiit misericordiam de suo oberrato, ut
per licentiam pape, si posset, eum quocumque ingenio caperet. Interim Maginfredus preparat se ad
capiendum Leviathan; incepit et perfecit. Insuper
omnibus modis iuravit ita dicendo: *Ego Oddo mo-*
nachus diebus vitae meae amplius Bremetensem ab-
batiam non accipiam, neque sine licentiam domni mei
Gottefredi abbatis abbatiam nec prioratum habebo.
Sic callide liberatus, oblitus sacramentum et omne
firmamentum, ad priorem recursit delictum. Ita se
habuit, domnus imperator Heinricus donec regnum
venit. Cognitis omnibus eius nequiciis, cunctis videntibus episcopis qui aderant, detestabilem sarra-
baitam cepit, baculum fregit, atque superbum de
sede deposuit; insuper ut nunquam de claustro exiret, firmiter precepit. Nec multum, cum fratribus
permanens, inter eos discordiam ponens. Hoc abbas vidit, illum abscedere maluit quam totam con-
gregationem in precipitium mitteret. Dedit ei unum
prioratum, ut vel hoc sufficiens quiesceret. Quo
accepto nec quievit, sed quiquid in aeclesia invenit,
libros, calices crucesque atque thesaurum — de vino
et pane non est numerus — omnia vendidit, maximam pecuniam fecit, Alrico episcopo Astensi dedit
pro una abbatia. Sic res permansit. Quievit viven-
tibus abbatibus istis Gezone, Gottefredo, Odilone,
Aldrado. Ultimo mortuo, abiit Cumensem episcopum Leuticherium; dedit, promisit, iureiurando spo-

pondit episcopo et clericis, fidelibus et famulis
inter omnes quingenti libras pro Bremetensi abbatia. Qua recepta, tulit, vendidit pro pecunia quam
promisit, cruces, calices, coronas, texta euangeliorum, tabulas altaris, turribula, quicquid de thesauro
invenit — de pane, vino carneque lingua dicere
non sufficit. Insuper coegit, ut monachi iurarent
sibi fidelitatem, quomodo et laici faciunt. Unus
ex maioribus idcirco quia lamentatus est nunciis
domni imperatoris, captus et posuit in carcerem;
nec inde exeundi habuit facultatem, donec ipsemet
dedit sibi unum ex famulis, et fecit pro ipso sibi
ipsi iurare fidelitatem. Quicquid hic scriptum est,
si quis probare voluerit, in veritate comperi et
quomodo plus sit; nichil deerit quemadmodum hic
legitur.

10. Fruebatur interea bona ipsius abbatiae, cum
suis comedens ac distraens cuicumque poterat. Nam
in terrarum et diversarum opum adquisitione nullomodo studebat, interdicens nostris, ne adquirerent,
ex suis autem totam replebat terram. Erat enim
plenus dolo et simulatione; monachos vero sibi sub-
iectos omnino secularibus hominibus, maxime marchionibus, male diffamabat, ceu semet exaltans uti
iustum; suis vero criminibus pessimis tamquam
privignus apud seculares criminabat. Sieque factum
est, dum filios velut criminosos denudat, immita-
tus Cham, qui verenda patris non operuit quin potius
deridendo detesit, ut ipse magis postmodum in dete-
rioribus et cenulentis laberetur factis. Cum vero
Deus suam contemplatus esset infidelitatem, obce-
cavit illum ut dignus fuerat, traderetque alteri
clam ipsam abbatiam. Quod et fecit, ergo cum per-
iuriis et inlicitis sacramentis, sine voluntate et con-
sensu fratrum, cupiens exinde infinitam pecuniam
accipere. Unde credimus divino iudicio actum, quod

7

tanti honoris deinceps caruisset, dataque est alteri multo se meliori.

11. Interea quid impiissimi tiranni Maximiani olim sit consecutum, breviter colligere placuit. Cum dispositis insidiis genero suo Constantino mortem moliretur, deprehenso dolo apud Massiliam captus est; nec multo post strangulatus, teterrimo supplitio adfectus impiam vitam dignam mortem finivit. Circa igitur hec tempora apud Maxiliam civitatem sepulchrum eiusdem Maximiani christianorum ingens persecutor inventum est. Nam sicut nobis retulerunt qui interfuerunt, erat mirabiliter corpus eius intus et extra unctione balsami et alia nonnulla genera odoramentorum opido perfusum; corpus quoque eius totus integer, tetra pilo, caro candida, barba permaxima; ad caput vero eius pocula erat auro aurizo, plena balsami. Ipse vero in locello plumbeo quiescebat, in quodam labro ex marmore candidissimo, cum literis aureis desuper scriptis. Nam consilio Rainbaldi archiepiscopi Arelatensis et ceteris fidelibus actum est, ut in mari magno cum totis labris iactaretur. Nam diebus ac noctibus maris equora ibi videntur semper ardere, ubi iactatum est corpus eius.

12. Hoc tempore Leodegarius archiepiscopus Vienensis vitam et mores, ortus et actus suorum antecessorum archiepiscoporum scribendo colligere curavit.

13. Hoc tempore Lambertus rex apud Italiam regnabat; suoque tempore fuit comes Maginfredus, quem interfecit, necnon et Ammulus episcopus Taurinensis, qui eiusdem civitatis turribus et muros perversitate sua destruxit. Nam inimiticiam exercens cum suis civibus, qui continuo illum a civitate exturbarunt; fuitque tribus annis absque episcopalis chathedram. Qui postmodum pace peracta reversus, et manu valida contus destruxit,

sicut diximus. Fuerat hec siquidem civitas cum demsissimis turribus bene redimita, et arcus in circuitu per totum deambulatorios, cum propugnaculis desuper atque antemuralibus. Siquidem prefatum regem idem episcopus a filio Maginfredi comitis, cum in silva venationi exerceretur et in gremio adolescentis somno oppresso obdormiret, dolo interfecit. Post modicum autem aparuit illi quadam die diabolus in modum vulpeculae, cum equitaretur; quam perniciter insecutus est, sicut fatur popularis vulgus, in tantum ut ulterius non sit visus.

14. His quoque diebus Wido serenissimus imperator regnum Longobardorum paucis obtinuit annis. Circa hec tempora Rodulfus rex regnavit apud Italos.

15. Carne itaque imperator Otto maiore mortuo, illico successit protinus in regno secundus Otto filius equivocus eius. Migrato vero isto e seculo, tertius Otto in regno eligitur, qui in coniugium quandam sumens Grecam, filiam Constantinopolitani imperatoris; quorum paranimphus extitit archiepiscopus Arnulfus Mediolanensis. Hic cum Grecis quodam tempore bellum agens; in quo videlicet praelio captus cum ab ipsis teneretur, supra equore marino suspectus est ab ipsis, fore regem. Quam suspitionem ipse cum suis, in quantum quibat, se regem abnegabat, sed suum fidelissimum et auricularem eius se fatebatur. Dum autem ista et alia nonnulla huiusmodi litigando prosequerentur, insinuabant, ut nisi auro argentove quantum sui corpus aeque lance pensaret redimeret; non foret dimissurum. Missa protinus relatio est ad reginam, quae ibi tunc proxima aderat, et insinuatum est illi omne rei eventum. Que citissime plurimos ephébes misit iuvenes, feminili abitu indutos, cum mucronibus sub tunicis absconsis, qui videbantur

7 *

ceu turba puellarum, ferentes duodecim scrinia uti
plena ex auro, in quibus erant tria plena ex auro
et argento, omnia vero alia plena erant lapidibus,
firmiter clavibus obseratis. Cumque ad litus pervenissent maris, aperta sunt illa tria scrinia in
quibus erat aurum, et proferentes sermocinabantur.
Tunc unus ex suis militibus ei dure collocutus est,
reminiscens illi priorum bellorum victorias. Subito
excutit se cum magna vi a manibus illorum de
nautula, in qua tenebatur, ita ut manus illorum
plene relicte essent diploide quo indutus fuerat, et
misit se in aqua. In qua cum strenuissime nata-
retur, duo fortissimi illorum perniciter insecuti sunt
illum. Unus autem illorum, qui illum insequeban-
tur velotius, cum vellet regem manibus capere, rex
iniecta manu suffocat illum extimplo, atque alteri
aeque faciens, evasit.

16. Circa hec tempora Heinricus imperator regnum excipiens Italicum, deiecto Arduino, cum quo
sui ante dimicarunt et victi fuerunt, et quem post
triduum in Sparronis castrum annum obsederat integrum, quem capere minime potuit; sed post modicum monachus efficitur. Ille vero regno privato,
Heinricus mox illum arripuit, tenuitque eum viginti
annos. Hic multe prudentie fuit, scientia namque
litterarum strenuissime imbutus. Marchiones autem
atque episcopos, duces et comites, necnon abbates,
quorum prava erant itinera, corrigendo multum
emendavit; marchiones autem Italici regni sua cal-
liditate capiens et in custodia ponens. Quorum
nonnulli fugam lapsi, alios vero post correctionem
ditatos muneribus dimisit. Hic dum vixit, multum
amator nostre abbatiae extitit hac custos cum coniuge sue auguste.

17. Defuncto quoque Heinrico, Chuonradus per
omnia litterarum inscius atque idiota regnum arripuit Longobardorum. Qui nonnullas subiugavit

ecclesias, episcopia quoque necnon abbatias. Inter quarum nostra a proprio domino orbata, ut supra retulimus, sub iugo Cumani episcopi tradita est lucri causa a predicti Chuonrado. Cuius quoque filius Beniamin, qui alio nomine apellatur Heinricus imperator, bene pericia litterarum imbutus, a profano dominio quo premebatur abstrahens et in proprio statu id est regio erigens, interdixit maledictionibus in priori praecepto quod nobis de eandem abbatiam fecit, ut nullus rex nec imperator ultra subiugationi alicui eam traderet.

INDEX

AUCTORE V. CL. WILHELMO WATTENBACH PH. D.

A.

Eius miracula 62. 82. 83. 94.
95; apparitiones 78. 79; os 2;
basilica Romae 2. 54.
S. Petrus Verus 33.
Petrus antistes 10.
Petrus abb. Noval. 58.
petulantia, petitio 69.
pigmentatus, conditus 19.
Pipinus dux (rex Fr.) 10. 37. 38.
rex 86.
Pipinus (rex Aquit.) 54.
pithafia i. e. epitaphia 13.
Placentia, *Piacenza* 45.
plaustrum dominicale 27.
Plebemartyrum 5. 32.
Pollentia, ad Tanarum supra Albam. 62. 76. 77. 82. 95.
Porcarianus mons, *M. Picare*, in quo
S. Michael de Clusa situs est 42.
potestates, magistratus 94.
privata lex, privilegium 73.
privignus pro vitrico 97.
Provincia, *Provence* 58. 59.

Q.

Quirites, proceres regni 73.

R.

Rainbaldus archiep. Arelat. 98.
Raimpertus de Felecto 47.
Rapertus com. Taurin. 47.
Ratald nepos Waltharii 31.
Ratherius f. Waltharii 31.
Ravenna 2.
Regensis (Regii) ep. 69.
regiae i. e. valvae 45.
regius mos, servorum 73.
regnum, Langobardia 96.
Renus 22. 23.
Rhodanus 41.
Richarius abb. Noval. 58.
Richarius praepositus Noval. 48. 52.
Riculfus praepos. Taurin. 60.
Robaldus com. (Niciensis) 72.
Rodanus dux Langob. 2. 3.
Rodulfus rex Ital. 63. 99.
Rodulfus com. Aureates 66.
Rodum castrum 76.
Rogerius miles f. Arduini 61. 65.

com. Aureates 66. f. Rogerius
(66.) et Arduinus.
Rogerius comes et mon. 61. 74.
Roma 1. 2. 3. 34. 37. 54. 92. 95.
Romaldus abb. Brem. 58. 61. 70.
Romana hystoria 77.
Romania 46.
Romuleus mons 5. 11. *Roccamelone*.
Romulus rex 11.

S.

sagma, clitellae 26.
salis fons 11.
salvinca 12. *leg.* saliuncam.
Samson comes 61. 73. 89.
saraballa, braccae 94.
sarrabaita, monachus vagus 96.
Sarraceni 8. 9. 38. 58—61. 63.
67. 72. 88.
scavini 47.
sculdaxes 47.
scurrae 64. 84.
S. Secundi translatio 60.
Segusina, Sigusina, Siusina civ.
Susa 1. 5. 9. 31. 33. 87; vallis
2. 41. 72. 86; porta Taurini 59.
senior, *seigneur* 2. 16. 20. 66.
serpentes mansuefacti 4.
sigale, secale, *seigle* 69.
SS. Silvester et Frontinianus 62.
80.
Simachus 1.
sirmata, vestigia 74.
skilla, campanula, Germ. *Schelle* 27.
solarium, Germ. *Söller* 57.
S. Solutoris passio 60.
Sparronis castrum, ad Orgum fl.
100.
Stabilis mon. 62. 82.
statua equestris Theoderici 1.
stegmata, stemmata 74.
summi i. e. somni 25.
Supunicus vicus, *Stupiniggi* prope
Taurinum 77.

T.

tabula, mensura terrae 38.
talio 51.
tallum 17.

Milton Keynes UK
Ingram Content Group UK Ltd.
UKHW021844180823
427137UK00004B/161